歌集

幾山河

奥原宗一

現代短歌社

軍隊当時の著者

晩年の著者

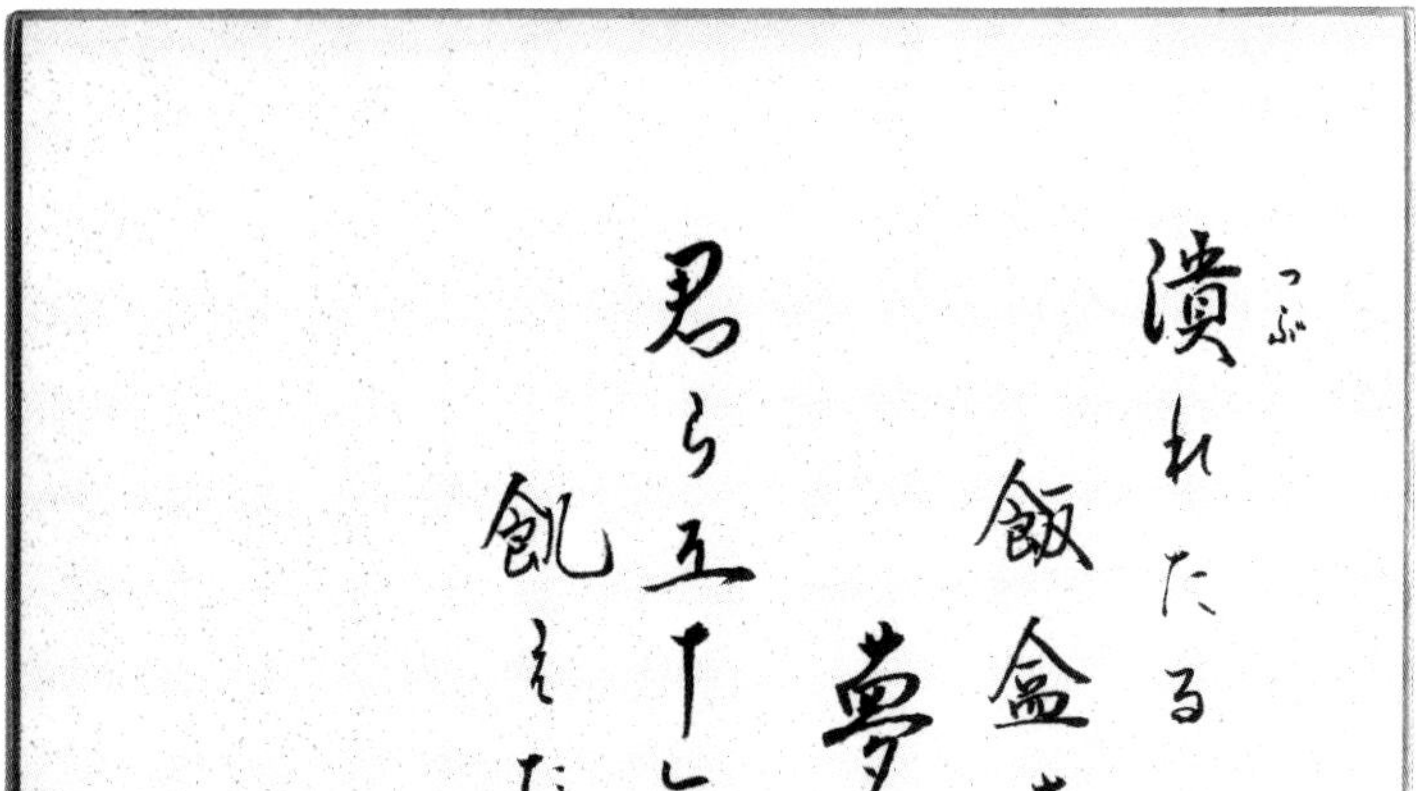

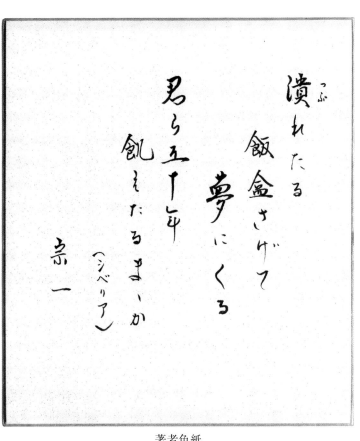

著者色紙

序文　戦争を詠い続けて

この歌集は遺歌集である。

師であった故太田青丘より、歌集上梓を何度も勧められたが断り続けてきた奥原宗一氏であったが、生前、次女の太田綾子さんの、「卒寿のお祝いに」とのお勧めにより、歌集出版を決心された。ご自身で少しずつまとめかけていたものを基礎に、綾子さんが、奥原氏の自筆原稿、「潮音」誌等々、丁寧にお調べになり、まとめられた。生前の全歌ではなく、ご本人の採った歌を参考に、抄出してある。この歌集には、奥原氏ならではの歌、読む者の目を覚まさせ心に食い込んでくる迫力の歌、そして人間性が、確と刻まれている。

奥原宗一氏は昭和五十年に潮音に入社し、青丘に師事。「戦争歌人」と称されるように、戦争を生涯詠い続けた歌人である。平成二十五年九月二十五日に九十歳で亡くなる直前まで、くりかえしくりかえし戦争の惨を、戦争の本質を見つめ、詠った。忘れてしまいたいような体験を、深く深く見つめ続けた歌で、読む者の心を打つ。


戦争歌人と揶揄されながらかの戦詠ひ続けむ骨となるまで

これは、戦後六十年以上たった、平成二十一年の作である。

戦争を詠った歌を挙げよう。

泪ぐみ母が結びし靴の紐解きて履き替ふ軍靴の堅さ
息ぐるしく桜吹雪けり君らより一万三千余日を生きて
埋めたる子はぐれしあの子売りたる子八月母の乳房はうづく
八月の夢の覚め際総立ちて風にあらがふ曼珠沙華のはな
めくるめき〈王道楽土〉の墜ちゆくを猛りて襲ふ暴民の鎌
死ぬべかりし思ひまた噴く引き鉄《がね》の指に仲間の返り血うづく
若者よ　思ひ見給へ一枚のはがきにわれら狩られてゆきし
干割れたる髑髏が夢に来て哭けり死者にもわれにも終らぬ戦後
自決介助の引き金引きし指呪ふ悶々一代世の隅に生き
無念死に塞がぬまなこ閉ぢやりしかの手触りの思ひ出づる秋

潰れたる飯盒さげて夢に来る君ら五十年飢ゑたるままか
六十年戦を詠ふ頑固者一人位はゐてもよからむ
海征かば水漬く屍と旗振りて還らぬ君らを送りしひとり
降伏を伝へられたる夕闇に幾発聞きし自死の銃声
後送の看護婦に渡しし青酸カリの後に大きな悲劇生むとは
昔々と忘れし筈の敗戦の雄叫び夜中に嬬《つま》驚かす
教壇に立つ我が夢を断ちたるはかの大戦の徴兵検査

終生、目をそらさず、心をそらさず、変わらぬ思いを貫いているこれらの歌に、またその生きる姿勢に心を揺さぶられない人はいないだろう。

短歌をしておられない綾子さんは、この集をまとめられるまで、宗一氏の歌を、あまり読んでいらっしゃらなかったという。まとめる作業をしながら、父、宗一氏の思いをひしひしと感じつつ、涙をこぼしたこともたびたびあったそうである。

奥原氏は大正十二年、木曽にお生まれになった。小学校卒業後、昭和十七年に小学校教員資格を取得される。そして正教員をめざして準備中の十九年入隊。衛生兵として、ソ満国境の中国、虎林陸軍病院に配属された。終戦となり、シベリアへ連行される。その後、中共軍に強制留用され、国共内戦により野戦病院要員として中国全土を転々。昭和二十八年、上海より帰国。隊長はじめ多くの戦友を失う多難な戦中戦後の体験であった。

帰国後は農林業をされる。温厚誠実な人柄から人望篤く、村議会議員、民生委員、自治会長をはじめ、村監査員、ダム対策委員会副委員長などをされた。

苦難の戦争体験から、批判精神をもち、戦争に限らず、社会を見つめた秀歌が多い。そして、やさしい。

身のめぐりなべて一期一会とふこころつつしみ朝の靴はく

遺児のつく鐘鳴り渡れ核弾頭四百万発を負ひし地上に

この子らにいくさなど来るな陽灼けせる顔にはりはり青林檎食む

チャドル脱ぎて堂々のデモ混迷の国を裁くは女性か知らず

興亡は王たちのもの　牛馬追ひ生き継ぎて包《パオ》に上る炊煙
靖国をおもへば顕《た》ちくかつてわれら侵しし国の千万の死者
体制に組まれゆきし日悪魔の徒と言へどわれとの差は幾許ぞ
（ハルビン細菌戦用部隊七三一）

元戦士われは一日揺れてをり人民の軍が人民を撃つ
ふんだんに武器与へしは誰なりし援助と言ひて米軍上陸
これ以上骨が邪魔して痩せられぬソマリアの子らがテレビに喘ぐ
君が散りし南の島に着く頃か子育て終へし軒燕たち
未来よりささやく声を聞きとむる一列なして虹色の耳

短歌は若い頃から始められている。昭和十五年「短歌山脈」へ入社するも、十九年の入営により退社。以後は、断続的に作歌。雑誌、新聞歌壇に投稿。信濃毎日新聞歌壇期間賞四回、長野県歌人連盟賞、信濃毎日新聞特別賞等受賞されている。昭和五十年「潮音」へ入社し、昭和六十年に同人、平成十三年、幹部同人となられた。潮音幹部同人故唐沢美貴氏の主宰する「明日檜《あすひ》」歌会でも活躍。また、地元で「峠《とうげ》歌会」「雑草会《あらくさ》」「葉月会」を主宰されていた。

「潮音」では、入社当時から、新人の秀歌を選者が推す〈推薦歌〉欄にたびたび取り上げられた。さらに、月ごとの秀歌欄〈巻頭集〉にも早くから、亡くなる直前まで、何度も何度も採られている。前代表の絢子が亡くなってからは私が選歌をさせていただくようになり、毎回、命の叫びである迫力のあるお歌に、心を動かされてきた。

「潮音」の年に一度のコンクールである新春二十首詠にも、長年にわたり何度も入選。準入選を含めると十回を超える。

また、奥原氏がどういう思いで短歌を詠まれてきたかは、作品から伝わるが、ご自身の書かれた、「目指すところ」という、歌への思いを述べた文を抜粋して紹介しておこう。

…（前略）…私は四賀先生の歌のように平明で解り易く尚且つ奥深い歌を目指したいと思っている。…（中略）…平明ながらふっと異次元の世界に誘い込むような歌が好きである。何時も思うことだけれど世に感心する歌は溢れているが真に感動させられる歌は極めて少ない。一生に一首そんな歌を残せたらと精進する日々である。

（平成七年「潮音八十周年記念号」〈作家小伝〉）

そして、家族の歌がある。ご自身が戦地にいるときに四十二歳で亡くなったお母様、残されたお父様、そして、十五歳で拓士として渡満され十九歳でシベリアで病死された弟さんへの思い。また、奥様やお子さんへの思い。お孫さん、曽孫さんへの思いが詠われる。

戦場に在りて母の訃受けし日の地平に沈む夕日忘れず
シベリアの何処と案ずる弟は已に地中と我は知らざり
家族なぞうたふことなく来し月日気づけば妻も我もまた老ゆ
一つは敵に一つは自決に手榴弾の銹残るハンカチいまだに持てり（妻）
「お先に」と言ふは互《かたみ》に蔵ひ置き今年の春の花の下ゆく

叱りつつも己れを通す濁りなき吾娘《あこ》の瞳にたぢろぐ我は
赤いブーツ履いていそいそ娘は行けりナウマン象の古代を掘ると
体深く妊る生命おぼろにも識り初めし娘か立ち居のやさし
背に余るカバン一杯未来詰め足音かろき我が三歳児

平成二十五年の六月十日に、奥様が亡くなられた。奥原氏は後を追うように、その三ヶ月後、逝ってしまわれた。日赤の従軍看護婦として生死を共にされた奥様の死を悼む歌が、「潮音」十月号巻頭集〈春蟬の声〉五首であり、絶詠となった。

十一年野戦救護に大陸を駆けたる足ぞかくも細りて
七十年添ひし別れと耳に留む棺の蓋を打つ石の音
幽明の境ひと言ふはどのあたり嫗《バア》が消えゆく煙見て居り
三途の川は冷たかりしや体温の次第に喪《う》せ行く足をもみつつ
意識なき耳にも届け汝《な》を送る一山若葉の春蟬の声

この歌集が多くの方に詠み継がれることを、心より期待する。

平成二十六年　春

鎌倉杳々山荘にて

潮音社代表　木　村　雅　子

目次

師

凡例

作品の配列は戦の五九頁、黄砂までは作者の予定された順に。六〇頁以降、雑、師、家族とも、それぞれ発表順。

ひらがなは旧仮名。但し、二六七頁、信毎歌壇の近藤芳美選のみ新仮名。漢字は、一部、旧字体（正字体）で、原作のまま表記。

幾山河

戦

出征

召され発つ我に寄り添ひ細々と母は朝より心を配る

泪ぐみ靴揃へゐる母のため生きて還りたしと一瞬思ふ

泪ぐみ母が結びし靴の紐解きて履き替ふ軍靴の堅さ（広島）

深みどりの胸章しかと縫ひつけぬ陸軍衛生二等兵われは

黙々と桟橋渡り乗船す見納めの山見納めの川

あをあをと視野一杯に開けたるこの海の果ての祖国は遠し（清津）

軍隊生活

ほの暗き電燈の下に盛られたる一椀のめし喉につかへぬ

入営は三日お客で四日より地獄と言へり今日が始まる

口開けて汁かけ飯を流し込む整頓板の往復ビンタ後

消燈のラッパは遠く消えゆきて吹雪の夜のペチカが燃ゆる

ましろなる鶴を浮かべて冬空はするどき色に澄みて静けし（北満の帰鶴）

うれしさや霞の中に雲雀鳴き芽草を撫でて風渡るなり

春暖と疲れにいつか居眠れば助教の竹刀肩に飛ぶなり（衛生兵教育）

起床とふ声に醒むれば暁の便所に我は眠りてゐたる

関節も軋む思ひす日盛りの焼けたる道を帰り来つつに

たゆみなき努力は我に輝きぬ首席となりて申告に行く

何事も不馴れの新兵手助けて姉の如くに振るまふ君は（白石看護婦）

母逝く

母死すと思はぬ便り息のみて幾度びも読む父の葉書を

人に見する泪ならねば一人来て兵舎の蔭に泪拭へり

とめどなく涙流るる今日よりのこの世に生きて母は在《おは》さず

官舎当番

部隊長水野大佐の官舎当番の命

思はざる命にまどひつ毛布背負ひ雪どけ道を官舎に向ふ

婦人らの列に並びて買ひ物す今日は大根と卵なり

母を想ひ出して

母になり父になりして暮すてふ父の便りを泪ぐみて読む

山畑の日暮れを母とききにける郭公鳴けり大陸の野にも

老い父が疲れし手もて米を研ぐ母喪き家の侘しさ思ふ

我一人一選兵長に進みたりよろこび送る母は世になし

ソ連軍進攻　昭和二十年八月九日

心込めし君のかたみの千縫針締めてみにくき死にざまはせじ

空襲下絶え間もあらず血と泥に汚れし傷兵送られて来る

砲火止み夜露の降りし夏草に虫鳴き出でて夢の如しも

二度と又見る事あらじ手を振りて別れを惜しむ弾ふる下に（看護婦後送）

敵に一つ己に一つ手榴弾包みて看護婦退りゆきしが

砲声の中に

眼にうつる物のすべてが炎えに炎ゆ地獄の底にまだ生きてをり

火薬庫に命中せしか天地《あめつち》を裂きて火柱大音響上がる

夏草に兵《つはもの》たつや一瞬に擱坐火を噴く敵戦車見ゆ
　切り込み決死隊に加はつて

敵弾はいよよ身近し草に伏し雲の白さに心澄みゆく

決死行の隊列黙々手に触るる夜露の冷えをなつかしみつつ

〃潔く死ぬべし〃と今先導の部隊長令口伝《くちづて》に来ぬ

寸前に玉砕の刻迫りけり着剣の銃星にきらめく
凄惨海林の丘

我が命此処に終るか空襲の海林の丘は地獄となれり（黒龍江省牡丹江）

身を寄せしもろこしつひに吹き千切れ爆風熱く頰を焼くなり
祖国降伏を知る

首垂れて終戦の詔勅聞きてをり悔しき泪は我のみならず

降伏を伝へられたる夕闇に幾発聞きし自死の銃声

八月の炎

次々に斃《たふ》れてゆきし敗走の炎《ひ》の夜たちくる我の八月

夕すげのこの野に果てむときめしより俄に近し亡き母の距離

我が膝に動かずなりし戦友《とも》の血が青草の根を分けて這ひゆく

敵機去り動くものなき死の丘をひらひら一つ白き蝶ゆく

身震ひつつ被爆の土砂より這ひ出づる手も足もまだ我にはありて

牡丹江陥つ

天地炎ゆ　躓けば屍又屍北の護りの牡丹江陥つる夜

飛行機も重火器もなく北辺を守れとは即死ねと言ふこと

絶叫も銃声も絶えし四百余の自決の丘にくまなき夏陽

　年古るとも

前面に暴民の鎌背後には戦車のキャタピラ行き場なき農民の自決

六十余年月日古るとも絶望の自決の叫び今も聞こゆる

如何ばかり切なかりけむ妻や子に向ける銃口眼をつむりつつ

絶叫も呻きもなべて絶え果てて声なき岡に来る八月の闇

四百余無念の命絶ちし日の二日後に来し終戦の報

迎春花　一

終戦直前、満州東安省で「哈達河《ハタホ》開拓団」四百数十名が麻山に於いて集団自決。私はその地区の駐屯地の病院にいた。

たのみたる軍はまぼろし火の如く敵機の掃射難民を薙ぐ

めくるめき〈王道楽土〉の墜ちゆくを猛りて襲ふ暴民の鎌
（王道楽土……開拓移民募集のスローガン）

満豪に全き棄民　行き場なきせなに戦車の地響き迫る

介錯・処置　女子供にむごき死を強ひて二日後終戦至る

言葉なき言葉の如く一めんに四百余名の鬼火はもゆる

雨降れば雨を恋ふるか夜の麻山《マーサン》草より蒼く死者もえ出づる

みづからを弔ふあをき草明り己《おのれ》の骨に燐を点《とも》して

行くは雲　来るは野の風　一平土《たひら》となれざる散乱の骨（集団自決の跡）

口寄せの奥のくらやみ失ひしおのがいのちを呼ぶ声みつる

死ぬべかりし思ひまた噴く引き鉄《がね》の指に仲間の返り血うづく

黙深く戦後は長し墓場まで麻山の影を負ふ男たち

先駆者と讃へし移民大方は還り来ざりき弟もまた

萌え出でて悲しみ深き地をかざれ春歳々の迎春花《インチュンホア》

自爆

埋めてやる刻もなければ君の髪ゴボー剣で切り胸に収めし（敗走）

飛行機も戦車も重機もなき満州裸の兵に何を守れと

黄色火薬抱きて飛び込み自爆せし敵戦車炎ゆる夕闇の野に（樺林街道）

何時の日か生きて晴らさんこの怨み自死の銃声歯がみして聞く（終戦）

斃れたる馬の最後の嘶きが今尚我の耳に聴こゆる（騎馬隊）

収容所生活

鉄帽も鍋に変りぬ戦友と南瓜の茎を山盛りに炊く

栄養失調にかかり初《そ》めしか宙に浮き他人《ひと》の足もて歩むが如し

人の世の戦ひ知るや秋萩は砲座の跡に露こぼしつつ

着たきり雀

「急げ《ダワーイ》日本人《ヤポンスキー》」銃口向けて追ひ立てるかのダミ声は今も忘れず

「帰国《ダモイ》帰国《ダモイ》」ウラジオ港より帰すとてだまされ行きしかのシベリアへ

凍りたる遺体が貨車にて擦れ鳴ると詠ひしは誰　遠く過ぎし日

瞼《まなぶた》をつむらぬ死者の服を剝ぐ着たきり雀が生き残るため（掖河収容所）

零下四十度大気鋼のにほひして耳痛きまで物音ひびく

栄養も少なく薬も又乏し酷寒の日々友の死続く

梅干しを食ひたしと言ふ病む友よ困り果てたりシベリアなれば

凍裂

独裁者の一言重くシベリアに三十万の兵六万の死者

銃声にまがふ樹木の破裂音いまも或夜の我が耳襲ふ

零下四十度　丘の樺すら限界の生木《なまき》の爆ぜる凍裂の音

還り行く霊魂送るか彩なして東になびく丘のオーロラ

生も死も紙一重なり今日生きて星は流るる極北の空

野の墓（シベリア）

己れ吐く息に眉毛の凍りゆく天日《てんじつ》低きツンドラ地帯

死ぬる惨生き残る惨硬ばりて拒める如き死者の服剥ぐ

丘の上の集団墓場にあらはれてしばし華やぐ冬のオーロラ

また一人減りたる夜を指組みて凍てゆく闇の底ひにねむる

雪消えて人形《ひとがた》に窪む野の墓に言葉の如き陽炎ゆるる

極北の夜

曳かれゆく我らすべなし置き捨ての屍を覆へ野に満つる萩

夜の雨に濡れて毛布は背に重し急げ急げ日本人《ダバイダバイヤポンスキー》

極北の夜に驚く白樺の凍てて立木の張り裂ける音

発疹チフスの菌持つ蝨《しらみ》ぞろぞろと死体這ひ出で生者に向ふ

高熱に脳侵されて夜を出づる生きつつ凍る吹雪の中へ

シベリアより満州に帰る

満州に患者多発の為、数名の軍医と共に牡丹江に戻される。

部隊長を頼むと叫ぶ秦隊長の顔も叫びもかき消す吹雪

風凍るシベリア出でて満州に帰れば何か心安らぐ

邪魔者のあつかひ受けて三日過ぐ寄り合ひ世帯の病院なれば

部隊長《おやぢ》等と数個の芋を分け合ひて餓ゑしのぐ夜の寒さ身にしむ

今日ありて明日の命の解らざる野火の如くにチフス広がる

掖河《えきか》収容所病院

めしと呼び起き来ぬ者の大方は毛布めくれば已に死に居り

軍医さへ已に五人が死にゆけり日々薄氷を踏み居る思ひ

凍土五尺埋むる術なき幾十の遺体屍室《ししつ》を溢れ積まるる

屍室外《をくぐわい》に山積みされし素裸の屍に積る粉雪白し

強制の蝨《シラミ》退治や死にかけし患者も担架で運ばれて来ぬ

一夜にて二十四人の死者出でぬ発疹チフスは人ごとならず

高熱に脳侵されて狂笑す半焼病院は地獄の如し（病院火災）

恥毛まで剃られ風呂場で顫《ふる》へつつ滅菌衣類を待ち居る患者

部隊長病む

高熱に意識なき日は続きゐぬ譫言《うはごと》に我を呼び続けつつ（部隊長チフス）

うれしさや五十余日を病み細る顔ほころばせ今朝は粥吸ふ

生きる

まどろめば彩《いろ》のなき野にひらひらと翻りつつ招くは何ぞ（病む）

国境の野は青みきてこの冬を生き延びしこと実感となる

焼土割る草芽の青さ兵の日に「生きる」と言ふはつひ聴かざりし

墓標なき盛り土のみが残されてさい果ての野は日々青みゆく

岩塩

饑餓だけが生ける証《あかし》に残されて日溜まりに誰ぞ吹ける空瓶

馬糧盗《と》り死者の服剥ぎしたたかな者のみ残り冬が近づく

鉄帽に炊く南瓜茎三ツ指につまめる程の岩塩が欲し

鉄帽に炊きゐるあかざ湯気に陽がうす虹生みて一とき和む

土民

加害者か被害者か知らず兵われら土民の唾を黙して拭ふ

かがやかぬ一期の無念自のいのち灯して鬼火夜をゆきかひぬ

かすかなる地温恃みて秋虫の声に溺れて野の夜を睡る

生き抜けと秋草渡る風の声肩に縋《すが》りて越ゆる国境

漂ふ舟

敗けいくさ躓けば屍また屍生きながら草と燃えゆきし夜

髑骨《くわんこつ》の高きものたち軍帽の廂《ひさし》引き下げ夢奪《と》りに来る

（髑骨……ほおぼね）

茄子の馬に乗りて還れよ戦ひに死にし三人のわが家族《やから》たち

海昏し　われの眠りに舳先《へさき》むけ誰もゐぬ舟漂ひてくる

綿の実白き道

旧満州牡丹江で終戦を迎えた。一度シベリアに入るも、直後満州に連れ戻され中国解放軍（当時は八路軍）に強制留用された。衛生兵だったため野戦病院に編入され、毛沢東と蔣介石軍の内戦に巻き込まれた。満州各地転々、北支・中支・南支と前線の患者を収容し治療した八年を詠む。昭和二十八年帰国。

命運は風にまかせむ降伏の祖国を遠くこぼれてわれら

土ぼこりもろとも粟飯掻き込みて君らしたたかな解放戦士

革命歌共に唄へり〈同志〉とは少し異る大き口開け

「八・一五勝利の日」とて祝ふ酒しばらくわれの喉《のみど》を落ちず

三角帽被され曳かるる背後より妖猫の目の如き夕月
（三角帽……反革命分子・大地主・罪人の帽子）

たはやすく「銃殺《チャンピー》」と叫ぶ声の増す民衆裁判に沸く村の広場

土足もて友の屍《しかばね》越えて行く天日昏《てんじつくら》む黄の土けむり

同胞の相撃つ響きいたみつつ野戦救護の旗押し立てる

〈支那人と犬入るべからず〉と蔑《なみ》せしか背を合せつつ霜夜をねむる

異民族と誰のへだてし同型のわれの血つなぎ君蘇生せり

綿の実のはじけて白き道を行くこの国にいくさあると思へず（北支）

行き斃れの如くにねむる小休止明日の保証をわれらはもたぬ（夜の行軍）

夕闇に水満々の大黄河天の河の裾を合せて下る

古代より水つねに新しき大黄河千の屍《かばね》に触れし掌すすぐ

砂嵐何におらびてゐたりしや一夜に山を置き換へて去る（西方砂漠近くを行軍）

水売りの声過ぎゆきし夕闇に幽《かそ》けく砂の降る音残る

ああ喜代子　君の最後にふさふかな夜露に濡るる小さな野石（同僚看護婦の病死）

異国の内戦に急病死するは功績か犬死にか

歯磨粉マーキュロをもて粧ひつつ秋風に問ふ君の死の意味

故郷《ふるさと》の水にこがれし終《つひ》の声秋風の野にまた立ち止まる

この国に幾許《いくばく》つぐなひ成し得しや翳《かげ》となりゆく上海の街（帰国）

残留孤児

かのいくさ為しし一人の胸を灼く残留孤児の父母恋ふ泪

搔きいだく墓石物言へ満蒙に置き去りし子が此処に来て哭く

名のり得ぬ親も哭きゐむ肩寒く桜いだきて孤児たちは去る

追ひ立てて土地奪ひたる民の子を育みくれぬ　深く思はむ

黄砂　一

息ぐるしく桜吹雪けり君らより一万三千余日を生きて

遠き祖国に桜は咲くと望郷の眼窩《がんくわ》上げゐむ野ざれのむくろ

くらぐらと風の奔《はし》れるうしろより総立ちなして落花が追へり

解放戦共にせし日は杳《はるか》なり玄海越えて黄砂又くる

砂の村〈要不要水《ヤオブヤオスイ》〉水桶に浮かびし春の雲売りにくる

風の声

大東亜戦中、海に散った人達、特に海軍に征った同級生達は一人も生還しなかった。その鎮魂のため詠む。

海蒼し　阿修羅の船首竿たてて沈みし艦《ふね》も朽ちゆく月日

四十年過ぎておもへば何なりし人間魚雷・神風の死も

国は憑かれ人も狂ひてソロモンの海湧きし日を哭けよ鷗ら

船団の沈むしぶきも静まりて没《い》り陽《ひ》の海に拡がる油膜

屍肉削ぐ噂ひそかにささやかれ飢ゑ極みゆく密林の奥

蝙蝠のゆるる火の眼に目守《まも》られていのち尽きゆく洞窟の闇

何んの声か海より韻《ひび》く　遠く低く　応へんわれの舌はもつれて

まだ生きて躓けば屍また屍　八月われにくる夢おどろ

孔《あな》と言ふ孔より雫したたらせ夢奪《と》りにくる望郷の死者

夢幾夜　顎《あご》失せたれば物言へぬ死者の眼窩に生ふる藻靡く

檣頭《しやうとう》に媽祖神《まそしん》ともす嘆きの火めらめら髪に燃え移りくる

（檣頭……マストの先端）

熱帯魚海を彩《あや》なせ青春に夢もなかりし者らが眠る

責《せめ》重き一人めでたく老ゆるとぞ月明の夜の遠き潮鳴り

わらわらと崩れて平《ひら》ぶ骨もあれ散華の土に浸みゆく読経

香煙の漂ひゆける青草にもつれて狂ふ南海の蝶

万の死者かつてせつなく託したる言葉ささやく南十字星

〈生き残る老兵唇《くち》を閉ざすなよ〉わだつみの果て風の声する

黒潮の回帰はてなき海鳴りに幾許あかるむ負ひ目の胸も

春の潮に濡れてつばくろ帰る日のわれの拙き魂《たま》鎮めうた

生きてわが一生《ひとよ》負ふべし天涯に翔ちゆく万の折鶴の声

八月

死の彷徨集団自決油蟬はじんじんとまた八月を灼く

避難行の野辺に次々埋めし児の呼ぶ声混じる夏蟬しぐれ

埋めたる子はぐれしあの子売りたる子八月母の乳房はうづく

添寝せし小さき骸の露じめりかひなに憑きて消えぬ歳月

八月の夢の覚め際総立ちて風にあらがふ曼珠沙華のはな

影の暈

生きてわが負ふ影の暈《かさ》　大陸の野は夕すげの花咲く頃か

眼つむれば蜂窩のごとく口あける掖河《えきか》の丘の二千の墓穴

悲しみも地に還りしか夏野より限りなく翔つ蝶のまぼろし

声絶えて風音ばかり残りたる天地《あめつち》くらき夢より還る

草螢　一

＜山征かば草むす屍＞野ざらしの骨は干割れて哭《な》かむ八月

還り来るは誰の霊魂　八月の水に点《とも》りて草螢とぶ

軍服の肩ゆさぶればわらわらと崩れて平ぶ真夏の髑髏《どくろ》

戦闘帽目深き髑髏にまつはれる鬼火の燐火夢を苛《さいな》む

一本の香華も立たぬ野の墓を負ひ目にわれの戦後は続く

怒り地蔵

二十万の被爆の霊魂負ひ給ひ地下より出で来ぬ怒《おこ》り地蔵は

声あらぬ万の慟哭鎮めつつ流燈はみな海に向へり

さるすべり溢れ咲きたり今年また八月は来て乾く霊たち

喉元を過ぎて忘るる事ならず核の狭間に今日を生きつつ

黄ばみたる写真

黄ばみたる徴兵検査の記念撮影半数すでに世の人ならず

若者よ　思ひ見給へ一枚のはがきにわれら狩られてゆきし

竹槍を並べて傾《かし》ぐ国運を支へよと言ふ銃後がありき

変色のはるかな写真　地獄からかすかに韻く空襲警報

〈この道はいつか来たみち〉わだつみの像が握れるこぶしの堅さ

海鳴り

しんしんと降り積もる雪　忘れたき記憶幾つか耳に満ちくる

船窓に声なき無数のこゑを聴く玄海灘の冬の海鳴り

悲しみは極まりてゆく　雪道をカーブするたび遺体摩れ鳴る

風落ちて満目百里雪原に青きものなし安らげよ死者

八月の雨

八月はまた巡りつつ歳月の奥に消えゆく千万の哭

夏草に眼窩を上げて「いつの日か還らん」髑髏のつぶやき聞こゆ

蟬しぐれ耳にみちくる終の日の死になだれゆく万の叫喚

折り重なり埋めたる丘も平ぐか地に沁みわたれ八月の雨

釣り舟の沈みたる海靴一つ浮き沈みつつ漂ひゆけり

蠟色の指

関東軍七三一細菌部隊が人間を丸太と称して非道の生体実験をしたことを書いた森村誠一『悪魔の飽食』を参考にした。

七三一細菌部隊〈戦争《いくさ》〉とふ集団狂気の生みたる鬼子

丸太・番号・消費・入荷　材木のことにはあらぬ生体実験

防疫給水部仮面の下に三千の生きてかへれぬ丸太は呻く

飽食は明日の死のため獄窓に飼はれて肥る人間丸太

死神はそこに佇《た》ちをり又一人誰か曳かれて独房出づる

ペスト菌射たれのたうつ死の過程氷の眼《まなこ》が平然と追ふ

妊れる故に双掌を擦り合す女丸太に射つコレラ菌

臓《わた》と言ふ臓を抜かれし人体の空洞《うつろ》あらはに無影燈は照る

病変の内臓生首片手足　累々並ぶ＜ヒト＞とふ部品

＜憎しみのるつぼに赤く剣を灼け＞わが血になぞる独房の壁

凍傷実験の遠い過去からかちかちと蠟色の指鳴らして来ずや

体制に組まれゆきし日悪魔の徒と言へどわれとの差は幾許ぞ

〈石井閣下〉〈軍神〉細菌部隊の戦友会軍国主義はいまも生きゐて

沖縄の海

現人神人間天皇激動の昭和を負ひて今し去ります

昭和回顧日すがらにして心熱く一つの時代を送らむとする

「陛下万歳」万の死の声如何程に重たかりしか戦後を長く

果たせざりし沖縄訪問　二十万の死者をめぐりてかの海真蒼《まさを》

鬼火

死に場所は比処ときまりし個人壕《たこつぼ》の夕闇の中虫の声きく

魂は何辺《いづへ》のあたり　草叢《むら》に残照返す片目の眼鏡

言葉なき言葉のごとし自らの骨にともせる鬼火の蒼さ

雨降れば炎えし鬼火も尽き果てて土に還るか野ざれの君ら

君たちの眠る大地も均《なら》されて一望の畑雲の影ゆく

シベリア

野を山をわれの空虚《うつろ》を浸しつつ音もなく降る晩秋の雨

虫たちは落葉の下に眠りしか疎林をつつむ雨静かなり

極北の凍土の下より望郷の声はきこゆる雪来る季節

地吹雪に天地《あめつち》吼ゆるシベリアのいづべ彷徨《さまよ》ふ君らの霊は

故国遠し　千里の雪を染めながら沈む夕日は絶叫のいろ

さくら　一

生き残るわれのあなうらこそばゆし白々と散る桜を踏めば

「サイタサイタサクラガサイタ」騙されて死にたる者の声聞く我は

陽の下の万朶に咲けるさくら闇ふと銃口のやみと重なる

散り際の桜は白し雨風にさらして長きかの骨に似て

散り敷きし桜花《はな》よりゆらゆら陽炎の立てば物言ふものあるごとし

死亡者名簿

君のこゑ弟のこゑシベリアの地吹雪きこゆ死亡者名簿

四十余年過ぎて名のみが還り来ぬカタカナ書きの死亡者名簿

霊魂の通ひ道とぞ極北の丘を斜めに明るオーロラ

夜露

半世紀われの深みに鳴り止まぬ玄海灘の暗き海鳴り

戦場の物音絶えし夜の草に虫鳴き出でて夢の如しも

人間にやうやく還る戦場の夜露の冷えが俄に沁みる

戦争ははるか昔の物語昭和も過ぎて人は老いたり

沖縄戦

艦砲射撃坪九百発の読谷村《よみたんそん》ハイビスカスは芯立てて咲く

マフラーをなびかせ次々砕け散る幻せつなしこの蒼き空

とこしへに汐騒をきく君たちか摩文仁の塔の黙の重たさ

晩秋の姫百合の塔あはあはと言葉の如き陽炎ゆるる

沖縄に戦後終るとたれの言ふ空を引き裂き飛ぶ米軍機

わだつみの風に声なき声を聴く摩文仁の丘に老兵ひとり

沖縄

兵四十五万飛行機三千艦千余蟻の如くに群がりし日よ

寄せ返す波は語らず沖縄の万骨沈むこの海真蒼

岩が噴く声なき声の満つる洞無明地獄に点す灯あれよ

火焔放射に灼き尽くされし岩赫くいまだに生ふる苔寄せつけず

一束の手向けの香煙ことごとく吸ひ込みてゆく洞窟の闇

生き延びしわれの眠りに灼け果てし鉄帽一つ転がりて来る

潮騒はいまは語り部島をつつむ祈りの如き大き夕やけ

乙女らの自決の洞より限りなく蝶のたつ夢醒めて尚追ふ

カタカナ名簿

飢ゑ病ひ望郷切なく死にゆきし四千五百のカタカナ名簿

民衆裁判・密告・リンチ・洗脳の渦を背負ひて果てたる君ら

一つの穴に重ね葬《はふ》りし盛土も平ぐ頃か半世紀過ぐ

冬来れば激しくわれの裡に鳴る黒龍江の凍て裂くる音

賑やかに囀り乍ら北をさす故国の春を運ぶヒワたち

終らぬ戦後

青春と呼ぶものありしや眼つむればいまも轟く玄海の音

干割れたる髑髏が夢に来て哭けり死者にもわれにも終らぬ戦後

戦死者の墓も古りたり唖蟬の唖の苦しさ八月の昼

一本の香すら立たぬ君たちの野の墓かざれゆふすげの花

五十回終戦の日を重ね来て無念の死者がわが夢に来る

集団自決地

油蟬八月真昼をじんじんと忘れたき敗戦の記憶を灼けり

野ざらしの死者が点せる燐の火に草明りせし八月の闇

自らを弔ふ死者の火の蒼さ一夜の雨を喜ぶやうに

鬼火せし死者の無念もかなしみも全き土となりしか今は

紙一枚埋めて年古る弟の墓を鎮めて降る蟬しぐれ

野ざらし

変若《を》ち返る歳月なりやまぼろしに無数の蝶が地窖《ちかう》より発つ

くたびれし靴の音する地平迄延びし己れの夕影を曳き

幾たりを重ねて埋めしわれの手かわらわら死者の起ち上がる夢

銀河鉄道死者ばかり乗せ発たんとす残留孤児とふ年寄りを置き

野ざらしの骨に燐の火点したる集団自決のかの日も遠し

無言館

胸を衝く窓一つなき無言館遠き異国の僧院に似て

残されし時間《とき》にせかされて描きたる絵より未練の歯軋り洩るる

「時間が欲しいせめて十分いや五分」学徒の未完のその絵は叫ぶ

この続き必ず描くと言ひし絵も彩は月日に沈みて暗き

絵は無言巡るも無言戦ひに薙ぎ倒されし過去のみ重く

むしらるる青草に似し学徒たち紙一枚となりて還りく

一機一艦火の弾なして散り果ててこの世に遺る折れたる絵筆

「急げ日本人」戦ひ過ぎて置き捨ての屍を覆へ野に満つる萩

「海征かば水漬く屍」半世紀君らの上の海輝かむ

沈みたる海深からむ暗からむ今宵も輝れよ南十字星

生き残るわれに重たき過ぎゆきの夢より醒めて無言館出づる

知覧特攻平和会館

とこしへに若者のこゑ満ちみつる知覧特攻平和会館

生き残る老兵はただ声を呑む還らぬ若きいのちに触れて

この便り届く頃には世にゐずと出撃間際の母への手紙

一機一艦　瞼《め》に顕ちやまず少年兵のこの世に別れの白きマフラー

片燃料積みて若者次ぎ次ぎに発ちゆきし日を哭けよ鷗ら

引き金

野ざらしの君らも地に還りしやわが記憶灼く八月の蟬

「生きて虜囚の」かかる訓《をし》へのなかりせば死なざりし四百余名

自決介助の引き金引きし指呪ふ悶々一代世の隅に生き

迫り来る戦車に行き場失ひし婦女子の悲鳴わが夢覚むる

行くは雲来るは野の風茫々と集団自決の悲劇おぼろに

死者たちの声

さくらさくら　昭和も遠くなりゆくと忘れられたる死者たちの声

四百余の声なき声か自決地の丘一めんにゆるる陽炎

五十年弔ふ者もなき丘に影を落として雲一つゆく

過ぎし世の亡霊めきて突立つは兵営跡の巨大な煙突

　つぶれたる飯盒の夢

無念死の君と老死のわがはざま秋幾度びの蟋蟀《コオロギ》のこゑ

国境ひ曳かれて越ゆる夜も聞きしいのち一途に鳴ける蟋蟀

無念死に塞がぬまなこ閉ぢやりしかの手触りの思ひ出づる秋

潰れたる飯盒さげて夢に来る君ら五十年飢ゑたるままか

舞鶴のさくら

寝て一人起きても一人夫逝きて寂しからんよ今年の春は

兵二年留用八年青春を埋めたる地より黄砂は来たる

舞鶴の丘に還らぬ友を待つ四百七十班救護の桜

戦場に果てて還らぬ眞乙女の心の如く桜は咲けり

故郷の水を最後に欲《ほ》りし声桜の花のそよぎに聞こゆ

秋

一本の香も立たねど君らの墓秋来れば秋の虫声満たむ

幾たりを重ねて埋めしかの岡に尾花そよぐか骨より白く

四百の集団自決の惨の声忘るすべなし生きる限りは

しんしんと澄む秋の月虫の声土となりたる君ら巡りて

ながらへて還りし者も大方は彼の世の人となりて寂しき

一本の香も立たざる六十年野晒れの君らに戦後なぞなき

万歳岬

平成17年　天皇サイパン訪問

絶叫のかの日を語れ断崖に寄せ来て白く岩を咬む波

サイパンの万歳岬のまぼろしに老兵われの泪止まらず

海蒼し　バンザイクリフに立つ陛下聴き給ひしや声なき声を
（バンザイクリフ……サイパンの岬の呼び名）

＜海行かば水漬く屍＞薄れたる記憶の底より甦る声

秋虫の声

埋《うづ》めたる新土《あら》にほふ秋草に鳴きゐし虫の声を忘れず

望郷の雲はゆくのみ野の墓をめぐりて秋の虫鳴きゐむか

半世紀過ぎて思へばかの戦何なりしかな靖国すらも

六十年戦を詠ふ頑固者一人位はゐてもよからむ

唐三彩の騎馬俑の絵に洛陽の友らを帰らぬ過ぎし日思ふ

幾山河

野戦救護幾度び弾をくぐりしや国共戦にまかれて生きて

民族に何のへだたり出血の傷者につなぐ輸血の我が血

馬小屋の藁の薄さに眠れねば想ひは遠く故郷の囲炉裏

此処よりは北支ぞ帰国の夢砕け重き足曳き長城越ゆる

「憎しみのるつぼに赤く剣を灼け」同民族が血を流し合ふ

半眼に解放戦士を見て在《おは》す龍門窟のみ仏たちは

故郷の水を欲りたる終《つひ》の声切々聞こゆ月日古りても

マーキュロに歯磨き粉もての死化粧小さな墓は秋風の中

牡丹江ゆ歩み歩みて幾山河ベトナム境ひにまだ生きてをり

八月の夢

六十年成仏し得ぬ君たちか潰れし飯盒さげ夢に幾度び

夢に来てその眼窩よりぼろぼろと涙にあらぬ黒土こぼす

嘲笑と罵声の中に銃捨てしかの日の屈辱今も忘れず

今も尚耳底に響く降伏の夜の幾発の自死の銃声

いくさの惨体験持たぬ為政者の憲法改正　九条危ふし

母の訃

戦場に在りて母の訃受けし日の地平に沈む夕日忘れず

今生の訣《わか》れと虫が知らせしか靴紐結ぶ母の泪は

父になり母になりして暮すとふ父の便りよ妹二歳

灯を下げて弟妹達のほころびをつくろふ父の姿が浮かぶ

搔き抱く墓石の冷えよ在りし日の母の温もり何処にもあらず（帰還）

オーロラ

終の言葉托せど届く筈はなき次々友ら斃れて行くに

極北の凍土に埋むるすべのなき死屍攫ひゆく幌付きトラック

割り当ての黒パン互ひに見くらべつ飢ゑし胃の腑に一きれ落とす

還り行く希望の如く夢の如く一とき空を染めるオーロラ

岸壁の母

岸壁の母二十七忌とぞ新聞の小さき記事を胸痛く読む

杖一つ切なき母の声染みしかの岸壁も苔深めゐむ

四十年前戦友会に尋ね来し岸壁の母秦野いそさん

愛息の伸一君は対戦車攻撃班に居し事誰も語らず

爆雷を抱きて個人壕《タコツボ》にひそみゐし学徒兵部隊玉砕の惨

忘れな草

幾万の骨すら還らぬ死者たちよ忘れな草は今年も咲けり

年々に昭和は遠くなりゆくと敗戦を灼く八月の蟬

六十年過ぐると言へどシベリアの土より洩れむ望郷の声

大陸の我の十年　待ちゐしは母弟の三基の位牌

大陸の野戦救護をせし妻も老いて縋れり四爪の杖

山河遥かに

上船の靴音ひびく見返れば闇に沈みし祖国の山河

幾万の出征兵が聞きたらむ玄界灘の荒き海鳴り

船酔ひに吐き尽くしたる二晩の胃の腑に沁みる一杯の水

眼の前は突と開けし清津港海の彼方の祖国は遠し

朝食の受領に降りし牡丹江しびれるばかりの寒さに驚く

戦争歌人と揶揄されながらかの戦詠ひ続けむ骨となるまで

直立不動少し傾《かし》げば又一つ肩に飛び来る精神注入棒

弁明は総べて「文句」と一言に往復ビンタが我が頬に鳴る

十五分風に曝せば白蠟に生きの小指の凍る北満

重火器は皆持ち去られ国境を守る砲すら松の丸太に
　　兵なれば

草萌えの地平に沈む陽の赤さ生きて我が世に母居りまさず

兵なれば兵なればとて母の許に熱きもの呑む喉《のみど》の痛さ

乳離れせしや末妹まだ三つ母の行年四十二歳

息絶ゆる際まで我が名呼びゐしと父の短き便り握りしむ

今生の訣れを虫が知らせしか門出の朝の母の泪は

軒つばめ　一

渡り来し海の蒼さを語るがに喉《のみど》を鳴らす軒つばめたち

生まれつぎ幾代《よ》のつばめか沈みたる鋼《はがね》の艦《ふね》も朽ちゆく月日

「誉《ほまれ》の家」世に忘られし軒に来て巣作り始む燕よつばめ

海征かば水漬く屍と旗振りて還らぬ君らを送りしひとり

つばめたち言伝《ことづて》なきや南海の藻屑となりて還らぬ者の

萌草青し

洞窟に人声響けばわらわらと崩れて平《ひら》ぶ野晒しの死屍《かばね》

弔ひに撒く水筒の供へ水を死者の大地は音立てて吸ふ（綏芬河《スイフンガ》）

玉砕の声なき声の満つる洞《ほら》夕べさわさわ蝙蝠が立つ

国境ひ月日は過ぎて壊滅の要塞めぐる草の青さよ

父母妻子持つ野晒しの死者たちよ骨となりても祖国は遠し

迎春花　二

語らねば忘れられゆく大戦の最終年次の一兵なれば

四百余名自決の岡に春が来て迎春花《インチュンホワー》が飾りてをらむ

迎春花手向けのごとく咲くと言ふ彼の日の惨を忘れぬ大地

野晒しの六十余年　自決地を白骨岡《パイクーガン》と恐るる地人

盛土の草より蒼き手が伸びて春の夜われの夢奪りに来る

八月の蟬

大戦も昭和も遠くなりゆくと列島を灼け八月の蟬

かの夜に捨てし命を永らへて心重たき八月が来る

硝煙に煤けて黒き顔洗ふ命ありたる川水の冷え

昔々

今ははや昔々と語られる我ら命をかけし戦も

後送の看護婦に渡しし青酸カリの後に大きな悲劇生むとは

世の人に忘らるるとも鎮まらじ幾百万の死者の御霊《みたま》は

一発は敵に一個は自決に手榴弾腰に女人は退いて行けり

昔々と忘れし筈の敗戦の雄叫び夜中に嬬《つま》驚かす

流れ星

凍て土に命落としし怨念か草の色して揺るるオーロラ

戦友《とも》数多眠れる丘に現れてしばし華やぐ冬のオーロラ

オーロラの消えたる丘に望郷の御魂《みたま》鎮めて降る満の星

何としても生きて還れと衰ふる心身励ます満天の星

シベリアの何処と案ずる弟は已に地中と我は知らざり

記念の桜　一

今年又桜は咲きしと満開の桜の写真送りて来たる

引き揚げの記念の桜植ゑし日は皆若かりし六十年の前

大方の友はかの世に行きたれど舞鶴港の桜咲きしと

大陸に骨を埋めて還り得ぬ君らの御霊《みたま》も安らぐ桜花

手榴弾二ツを腰に結びたる野戦救護に馳せたる君ら

夜の友

山住みの孤学幾年夜の鳥はやさしく我の瞼を撫でる

読み疲れ思ひ疲れし転寝《うたたね》の夢に入り来る夜鳥は優し

火食ひ鳥夜鷹梟みみづくと我が夜の友のこゑなつかしき

灯を消せば更けゆく山の夜の闇にかすかに残る油煙のにほひ

教壇に立つ我が夢を断ちたるはかの大戦の徴兵検査

軒つばめ　二

野も山も故郷は秋南海に沈む君らに伝へてくれよ

軒つばめ故国の秋を運びゆけ還るつばさの無き者のため

故里の軒に育ちしつばめたち賑はひ渡るか君たちの上

大方は忘れられたる誰彼を弔ひくれよ軒つばめたち

一機一艦かの壮絶の死者たちも月日の彼方に忘れられゆく

記念の桜　二

今年また空一杯に咲きしとふ日赤看護婦の記念の桜

舞鶴港見下ろす丘の八重桜よろこびの声そこより立てり

語り部と自《みづから》に言ふ岩田翁見事な桜の写真が届く

大陸の土となりしも幾人か従軍日赤の十字を負ひて

牡丹桜引き上げ港見事とふ還り得ざりし御霊《みたま》の標的《しめ》に

雑

山男の歌

重労働歌書辞書ランプみみづくも育ててくれしわが山男

播き残る種の馬鈴薯陽を求め水色の芽を長く伸ばせり

夕づけば路傍の石もさりげなく表情かもす山の辺の道

劫初の色

一本のマッチの先に現れて炎はつねに劫初《はじまり》のいろ

眸こらせど奥処は見えず人たれも炎をくぐり還りてゆける

腹立ちて焼きたる白き灰になほ文字浮かび来る不幸の葉書

マリア地蔵

首欠けし子を抱く母は首あらず苔を深むるマリア地蔵は

密教にすがる貧しさをにべもなく首砕く過去岩場にありき

マリア地蔵を打ち砕く音荒々と耳の底ひに聞きつつ佇てり

散華

藁たたき石の臼挽き俵編み亡びし唄の来る夜の雪

しんしんと雪の夜更けに藁をうつ祖母とも知れず母とも知れず

水鳥はさみしき嘴《はし》を背に埋めてダム湖の岸を漂ひ眠る

散華とふ言葉は古りぬ一片の遺骨もあらぬ弟の墓

　　すれ違ふ廊

裏口を声なく死者出で妊婦来ぬつねに何かがすれ違ふ廊

おもむろに麻酔まなこを昏めゆく墜つると言ふはかく昏きかな

九官鳥

豪族の潰れ屋出でて秋の昼かうもり一つ木蔭に狂ふ

潰れたる家の板一枚秋風をたぐり寄せてははたはたと鳴る

親方子方やさしき言葉の裏側に村人飢ゑず富まずあり経し

蔵ひおくわがかなしみにふと触れて九官鳥は人語を鳴けり

秋草の花をしたたか食ひし牛青き目をとぢ昼を眠れり

哀史の峠　一

野麦峠の過去の出稼ぎ女工の哀史を山本茂実の『あゝ野麦峠』を参考に詠んだ。

前金一円違約金二十円七年の生身縛りし年期証文

煙突は空を昏めて蛹《さなぎ》臭き青春埋める湖ぞひの町

一日の成績判決の如くきき十四歳《じふし》の女工夜を眠れず

ボロの如く畳一帖二人寝の夢に降りたる奥飛騨の雪

ワタクシノカラダハモウダメサヨウナラ遺書が伝ふる女工の生活《たつき》

釜戸水門朝より漁夫をあわてさす濡れし黒髪投網に絡む

飛騨へ越すと吹雪く峠の年の瀬を幻なして行く竹行李

たちくらみ吹雪する谷転落の娘へ繋がるる幾すぢの帯

最低の女工の＜お願ひ＞圧するはサーベル、消防、半鐘打ちて（山一争議）

囲炉裏辺に一晩哭きしを連れ戻す女工を見しや峠の地蔵

飛驒の山死に目に納め兄の背に負はれゆく娘も知る石地蔵

野麦峠女工の哀史刻む碑を囲る尾花は手のごとそよぐ

製糸業・生死業とぞ明治大正輸出の半ばを支へ亡びき

声

夜を洗ひ心を洗ひ尽きるなく落ちゆく瀬の音聴き澄み眠る

喉出でて忽ち消ゆる声といふさみしきものを吐きつつ生きる

鬼

突きつむる思惟の向うを漂ひて摑み切れない言葉が逃げる

子守地蔵

穂高、万願寺及びこの寺にまつわる故事、伝説を作歌した。
特に天保の飢饉の頃の村人の生活、間引く等の事実は重い。

天保の世の飢ゑは知らね山寺の地蔵はどれも子を負ひ在《おは》す

血に根づくいたみを今に村人は子守地蔵と羞み呼べる

たらちねの肌へを洩れし闇の子の縋る仏かおん掌のまろさ

常念岳の雪肌下る山霧に濡れて結跏《けっか》の涼しきおん目

山門の青杉よ鳴れ子を間引き藁食み村は生き残り来し

懼れつつ哭きつつ石の地蔵もてあやむる瞬の阿修羅にめまふ

風と来て胸処を探る闇の子に積みし小石の千万の数（賽の河原）

山の虫なべて出で舞へ常闇のおゆび咬《くは》へし水子の見ゆる

白き蝶は水子にさみし黄なる蝶赤き蝶来ておゆびにとまれ

澄み透る小鳥らの声子を間引く知恵もたざれば掌をもたざれば

陽の目見ぬ子の魂鎮め日もすがら水にこぼるる花にれ白き

悟故十方空

悟故　十方空《さとりなばじつぽうはくう》　春風にひるがへりゆく葬列の旗

耕すはわれの代限り水すましげんごらうも来て遊べこの田に

己が背に嘴《くちばし》埋めて眠りゆく羽交《はがひ》を知らぬ春の雛たち

かの国も夏

神々は栄えて国の亡ぶとぞ神すら識らずイランの行方

大量の処刑続発のテロ流さるる血は血を呼べり暗殺者《アサッシン》の国

偉大なるアラーの神の名において目隠しの背を撃ち抜く銃弾

二枚舌三枚舌も自在にて核はひそかに持ち込まれゐる

大中氏のその後ははたと聴こえざり青葉深めてかの国も夏

砂万里

中国の砂漠地帯のシルクロードを詠む。日中共同で現地の取材放映や取材記八冊、写真集二冊、井上靖の小説『楼蘭』等を素材にした。

ユーラシアまたぎて昔人類の夢拡げ来ぬ砂漠の民は

天は父地は母水はいのちぞと羊群を追ふ唄声うらら

草原と空のあはひを点々と雲に入りゆく天馬の裔は

さまざまの王国現れはた消えて古城埋め来し茫々の砂

砂万里　盛衰一夜の夢に似て孤塁かたむく玉門関跡

郷関はるか秋望楼の戦士らの心灼きしか砂漠の没《い》り日

タクラマカン陽に炒《い》られゆく旅人に唇よせて死霊《すだま》ささやく

死者すらやミイラとなるまで吸ひ尽くすタクラマカンの砂の渇きは

狂ほしく幻の湖《うみ》まねくなり駱駝の蹠《あし》も焦げゆく真昼（蜃気楼）

生命拒み砂ももえゆく黒ゴビの魔性鎮めてキャラバンの鈴

黒将軍の無念はいまも黒水城《カラホト》の流砂鱗をなして渦まく

亡びゆく種族のいたみきりきりと爪立ちて火のごとき胡旋舞《こせんぶ》

二千年いまだに土となりきれず古銭摑むは何びとの骨

夢あまた砂に眠りて楼蘭の落暉《らくき》に華やぐ風蝕の塔

二千年後の世に醒め顫《ふる》へゐる少女の髪の青鷺の羽根

廃墟の塔土に還すと日も夜も万里の流砂ささめき熄《や》まず

神盈《み》つる砂けむりとぞ天地《あめつち》に心ひたして民は額《ぬか》づく

キルギス語漢語ウイグル生きてゆく声いさみ合ふオアシスの市《いち》

相剋の歳月過ぎて市に集ふ五十余族の民族帽子

シルクロードの夜明けを載せて轟々と天山貫く南疆《なんきやう》鉄道

右の掌

執深き右のてのひら胸に置き眠れば追はるる夢ばかり見る

脈搏の消ゆる感触残る掌にこんこんと降れ極月の雪

ここ過ぎて何辺に行けと言ふならん赤き矢の指す彼方夕闇

うす暗き郷土史料館　声もなく不意にわらへりおはぐろの面

屻も犬も夕べは唸るもろともに繋がるるものの親しさにゐて

廃村の歌

水上の村の滅びをうたふかな遠山川の雪代《ゆきしろ》の水

暮れ落ちて点る灯もなき廃村の祖霊を斎《いつ》く梟のこゑ

落人の月日は知らずどの墓も静かなる影芽草に置けり

山姥の明日の葬《はふり》に僧頼む夜の峠《たわ》下る提灯一つ

まつはれる累代の翳逃れきてのみどを下《くだ》す山水の冷え

草螢　二

夏幾日茫たるわれをすり抜けてゆくもの迅し風・死者・時間

草螢暮るる水より束の間のいのち灯《とも》して舞ひたちにけり

還りくるもの待つ如くうすら闇溜めて地窖《ちかう》はひらかれてゐつ

やはらかき土葬の墓の土じめり数多の蝶をあつめてゐたり

足重く帰る日暮れの水源に細りし水をすする吃音

中国の歌

五千年一日のごとし長江に春の水汲む巨大な水車

桃の花黄河の水とかすみあふ近代化なぞ急ぐな君ら

同志妻霜の大地に抱きて眠る素樸なりしよ朱徳司令は

獄窓に何を思はむ毛夫人大地は春の麦青く萌ゆ

洛陽の土より出でし俑ひとつ洞なせる眼に風を見てゐる

借り腹

難民を垂れ流したる日も過ぎて倖せなりやベトナムのその後

枯葉剤霧の如くにあびしよりいまも異様な肉塊を産む

受精卵移植し〈ヒト〉を造るのも商売の一つとなるらし科学の果ては

借り腹も商ひとして神を越ゆる生命科学の曳きずる翳り

昏き方より問ふ声聞こゆ限りなくわたしのママは私のパパは誰

山の鴉

声しぼり山の鴉の騒ぐ日を大地震《なゐ》ひそかに近づきてゐき

神の山何に怒れる山裂けて泥土の怒濤村人を呑む

噴火後の観光急ぎ地震計払ひしは誰　哭声《こくせい》のみつ

放流の稚魚は何辺《いづへ》をめぐりゐむ母川千曲に秋の水澄む

北国の筒袖を着てやさしけれコケシ子消しの翳負ふ故か

鯉の口

あらはれて夢の続きを遮れり生命線なき巨きてのひら

夜の露に濡れて在さむ泣き仏病棟出できて不意に思へり

水に映る痩身の影突と裂けうす白き鯉の口現るる

さみしき事言ひ給ふなよ仄《ほの》紅き雲が明日を追ひかけてゆく

わが生《しやう》年人力車《じんりき》停車場カンカン帽大正もまた遠くなりけり

初雪

大いなる太陽を積み忽然と霧の海より漁舟現はる

おぼつかなき民生委員われ生きの世の裏のみ覗きかすみ目つのる

老人の骨を打ち合ふ音に似てゲートボールの球転がれり

人間の末期の喘ぎ視つくして癌病棟の壁の真白さ

世に残す思ひも消えむ汝が墓のあらつち埋めて初雪は来ぬ

敦煌展にて

亡びたる砂漠の民のかぎりなき夢を納めて壺のふくらみ

敦煌の古城をうづめ茫々の砂に極まる落日のいろ

引きしぼる悲哀のかたち爪立ちて炎のごとき胡族の旋舞

五千年一日の如し月牙泉に影を落として駱駝隊ゆく

千六百年風砂のさやぎ聴きとめし交脚弥勒の耳朶のゆたけさ

天山のもと

野は茫々天は蒼々　限りなくわが心呼ぶ天山北路

一木一草に神は宿ると膝折りて大地に額づく遊牧の民

天山に向ひて鞭を上ぐるとき騎馬民族の継ぐ血はもゆる

人間に幸とは何　天日《てんじつ》と共に生きゆく包《パオ》の炊煙

健やかな眠りの深さ満天の星しんしんと包に降りつつ

天山の水

何時の代の誰の手になる俑ならむ人も白馬も息づきてゐる（「潮音」の表紙）

年長く死者のかたへに埋《うづ》もれて黄土の闇を見尽くしし俑

火焔山三蔵法師に重なれりトルファンの俑に夢はひろがる

山すらや焔ともゆるトルファンにいのち育たむ天山の水

盛んなるかの日々埋めてトルファンの高昌古城に炎ゆるかげろふ

春の沼

歯止めなき戦への道耳澄ませば呻きとぎれとぎれ過去よりの声

燕また帰る日近し　痛恨の屍ら沈むわだつみ越えて

暮れてなほ水明りする春の沼かの世の歌人眺めてあらむ

何故に一首と言ふや思ひをれば歌とふ細き首伸び上がる

万人の厄ひしめくか牛伏寺《ごふくじ》の千年杉の秀《ほ》に鳴く鴉

うてば谺《こだま》

岐阜県瑞浪の化石博物館や洞窟内の化石群を見て日本列島の創生期に思いを致して詠んだ。

造山活動さかんなる日のかたみとぞ北アの峰々雪化粧せり

海進海退花綵《はなづな》なせる列島の昔を証す化石の丘は

おびただしき魚貝閉ざして山風は人類未生の古代をうたふ

頭上二百米ヒゲ鯨など泳ぎゐし幻描きて仰ぐ秋空

遠き世の草原恋ふるデスモスチルス関節の隙秋風抜ける

佇ち尽くすデスモスチルス肋《あばら》より滅びしもののかなしみ垂るる

透きとほる琥珀が閉ざす虫たちのうたふは遠き秋の日のうた

海落ちて秋津島根のあらはるる大音響の轟きし日よ

しんしんと火山灰《よな》降る夕べ列島のいづくに生きて祖《おや》たちの声

夕茜負ひ帰りくる男らに草の実炊《かし》ぐ煙やさしき

古も母の乳房《ちぶさ》ゆたかなれ穴居の奥の赤子泣きやむ

父がをり母ゐて子供らさんざめく霜夜の榾火《ほだび》に面《おも》灼きながら

したたかな蹠《あなうら》 並べ眠りしか穴居の戸口に降る星の韻《おと》

うてば谺　森の奥処にたくましく生きてゆく夢うみたる石斧

追ひつめる喚声跫音《あしおと》うづなして俄に風の起ちくる石鏃《やじり》

「四十五億年のこの惑星を大切に」語りかけくる無数の化石

地上制覇のおごる錯覚　人間の足下にいまもマグマはたぎる

化石の丘の遠き潮騒　空耳に渡りくる人らの櫂の音する

億万年地球が蓄へ来し資源湯水と使ふわれらの明日は

行くは雲来るは山風この星に生きししるしの何を遺さむ

亡びゆく村

坂道の休み場の大き一つ石過ぎし数多の吐息きこゆる

馬頭仏おのもおのもに傾きて呆け鳴きする鳩の声きく

星光が夜毎やさしくこぼれては深き睡りに添ひし天窓

身顫ふは祖霊か梁《はり》のかうもりか暗き屋根裏ものの怪こもる

春深し　大き藁屋根傾けて亡び果てゆく落人部落

何を救ひし

アフガンの何を救ひし百万の死者と難民五百万を生み

一寸の虫にも五分の魂ぞかつてベトナムアフガンにまた

死にたるは何《いづ》れの兵か風塵の不毛の土に乾く花束

侵攻令下しし者よ　撤退の兵士のまみのこの輝きは

限りなき明日の不安　モスクより怒濤の如きコーランの声

埴輪のまなこ

嗤《わら》ふとも哭くとも知れず穴二ツ並べてやさし埴輪のまなこ

土深き死者に添ひ来し歳月を語る埴輪か口少し開け

人間の死後を見尽くすこの埴輪笑まふまなこの奥のうす闇

火を崇め水を斎《いつ》きて祖《おや》たちが夢を納めし縄文の壺

欠け椀に盛りしは木の実か杳き世の秋風不意に起ちくる気配

さくら　二

今年また桜は万朶《ばんだ》散る花を昏く負ひたる昭和も過ぎき

昭和はや過ぎてゆくとも桜花《はな》咲けば昏き襞より過去起ちあがる

「古里は遅き桜の咲く頃か」遠き海より亡き者のこゑ

生き残るわれの負ひ目に霏々として桜花びら逆吹雪する

散る花はなべて大地に還りゆく鎮まり給へ杳き死者たち

中国の近代化

中国に〈近代化〉とは何　戦車もて圧殺しゆく百万の声

元戦士われは一日揺れてをり人民の軍が人民を撃つ

〈政権は銃口から生れる〉教条に益々深く病むほかはなき

経済は開放　政治は専制　老害の国は何辺《いづへ》に跛行《はかう》をせむか

人間の世のことなぞは埒外《らちぐわい》に雲を浮かべて流るる黄河

人民裁判

密告、死刑、組織の暗部ふくらみて俄に遠くなりし中国

刑場に響く銃声　かつての日人民裁判の広場に聞きし

仆《たふ》れゆく青年が掌に摑みしは自由にあらず銃殺と言ふ死

ひたと背に張りつく眼あり耳があり寒々思ふ紅軍の頃

暗闇にそばだち動く馬の耳君らの夢を襲ひてをらむ

風花

忽然とわれを追ひ越しまたひとり春となる日の地に還りゆく

浄土とは何辺のあたり　一人の消えゆく煙空にたゆたふ

呼べばとてかへるは谺　魂ひとつ消えたる空に風花は舞ふ

風花のしきりに遊ぶ春の空われに如何なる死は訪れむ

逆立ちのビル揺れ止まぬ水鏡狂気次第に脚這ひ上る

興亡

興亡の過去は語らず春くれば黄河の水は芽草を洗ふ

やはらかに春の陽ざしを浴みてゐむ龍門窟の石仏たち

天安門の惨はや昨日千年の大雁塔は雲と遊べり

地平遥かに陽の沈むとき自《し》が立てる大地と言ふを沁みて思へる

空と砂　生きづくものの絶え果てしかの簡浄をふとも恋はしむ

地球自転

飽食のわれらも飢ゑて死ぬ群も乗せてぞ蒼い地球と言ふや

ふんだんに武器与へしは誰なりし援助と言ひて米軍上陸

悲しみも怒りももはや涸れ果てし難民たちの足どり重き

これ以上骨が邪魔して痩せられぬソマリアの子らがテレビに喘ぐ

ゴミ収集の如くに今日も山積みの集落出づる死体運搬車

木地師の村

惟喬王《これたか》を祖となす誇り山深き木地師の墓石菊花を刻む

菊の花いただく墓石傾きてしんしんと降る蟬しぐれきく

亡びたる木地師の霊か墓の辺を蒼びかりしてくちなはよぎる

水車もて廻すろくろの音杳く木地師の里に降る蟬しぐれ

山深き廃分校の老い桜春くればまた花をかざらむ

ひとよ茸

現実と夢のあはひに灯を点すエミールガレのひとよ茸《たけ》ランプ

秋となる湖畔のあしたを静まれり激しき炎くぐりし玻璃器

いのちこめ吹きたるガレの息溜めて硝子の壺の膨みやさし

死がありて生ある大地ひとよ茸の彼方に無限ガレの思索は
一夜茸母なる大地のくり返す生々流転の賛歌をうたふ

てのひら

胸に置き眠れば追はるる夢ばかり罪科の深きわが手か知らず
零《こぼ》ししもの数限りなき双の手を身のかたはらに置きては眠る

てのひらに荒く縄なす運命線齢重ね来て今はうなづく

合すればかく温き双の掌よ罪科を重ねはた物をこぼせど

君が散りし南の島に着く頃か子育て終へし軒燕たち

潮音八十歳

大正に生れて潮音八十歳新年号を手に戴けり

伸び上がり見れば先頭杳《はるか》なり壮年水穂まぼろしに顕つ

最後尾に声挙ぐるわれか潮音誌八十年の隊列長き

旗立てて何辺の海を巡るらむ創刊号の表紙の舟は

千万の歌人のおもひ閉ぢこめて九百五十余冊の重さ

埴輪

盛りたるは草の実木の実縄文の小皿に母子の会話きこゆる

願ひごといと素樸にて縄文のビーナスたちはみな腰ゆたか

釣り壺に獣脂点して団欒の顔々見ゆれ燻《いぶ》しし釣り手

日も風も澄みたる森に祖《おや》たちの石の斧うつ木霊《こだま》はきこゆ

死者に添ふ長き歳月この埴輪何を語ると口開け放つ

哀史の峠　二

「ああ飛騨の山が見える」と息絶えし哀話あたらし峠に立てば

柳行李負ひし工女ら幻に尾花を渡る秋風しろき

口べらし年期奉公少女らが貧しさ負はされ越えたる峠

細腕につむぐ生糸が支へしは軍艦大砲明治の開化

使ひ捨ての生きたる道具鮮人の犠牲者不明数も名前も
怨念のこもる地下壕さわさわと無数の蝙蝠翅《はね》を鳴らせり
死者の呪咀食みて生き来し蝙蝠か闇に炎をなす逆吊りのまみ
行き止まりの切端に光るは誰の霊眼《まなこ》こらせば水滴となる
声としも音としもなく岩壁はわれに幽《かそ》けく韻《ひびき》を返す

御座所完成　四十六人忽と消ゆ行く方を語れキムの十字架

加害被害かなしみ深き人間に蒼天を差す祈りの塔は

川の魚

〈住む魚に川は見えない〉党と云《い》ふぬくとき流れ泳ぐ魚たち

政争に明け暮れる国　億年の果てをおもへと隕石墜ち来ぬ

建て前と本音の隙に覗く闇われらは何時も眼隠しされて

狭まりて拡がり曲り水自在雪の狭間を流るる川は

雪に雪降り積る夜や何処にか母が夜なべの藁を打つ音

大きな錯誤

無謬なぞ信ぜしは偶像呆れつつ「毛沢東の私生活」を読む

「同志愛」なぞ昔々の話にて権力闘争の裏のどろどろ

打ち落とすかつての同志の死屍の上孤高となりゆく権力の座は

個人崇拝の極みは孤独　毛老いて思想は偉大錯誤も偉大

天井裏のねずみにすらや気を病みて偉大な人の不眠は募る

山男

山男明日はあしたの陽が昇る屈託のなきその大鼾《おほいびき》

山神も里に下るか華なして夢の中にも降る春の雪

水芭蕉陽の韻せせらぎ聴かんとぞ白く大きな耳を現はす

人界の風を嫌ふか水芭蕉純白の耳しきりに震ふ

万年の後に又来む百武彗星資源も尽きしこの惑星に

訪中

「你好《ニーハオ》」とかたみに握る掌の温《ぬく》さ四十余年は昨日の如し

老八路《ローパーロ》よくぞ来たると龍門のみ仏たちはみな笑み給ふ

春うらら何辺《いづへ》へ浮かれ行き給ふ仏不在の石窟幾つ

やがてしてわが往く道にふと遇はむ陽炎を着て佇つこの仏

九万体の仏めぐりに疲れたるわが影洗ふ伊河の水は

〈白き馬〉魁夷展

道の駅〈去りゆく人に幸せを〉魁夷の祈りきざまれて　秋

〈白き馬〉嘶《いなな》きながら消え行けり憑かれて入りゆく夕暮れの森

春深し　月おぼろなる〈花明り〉夢に入りてもわれは彷徨《さまよ》ふ

〈冬の華〉白き一樹に月輝《て》りて気付けば此処は冥府ならずや

鈴鳴らし行く後姿《うしろで》を幻に魁夷の〈道〉は天に続けり

飛鳥

「凍れる音楽」と讃へしは誰落日に彩移りゆく薬師寺東塔

礎石のみ遺《のこ》る飛鳥の古京跡尾花は杳き過去に手を振る

丸《まろ》みたる戒壇院の石きだに天平人の足音をきく

権力の渦なす歴史かすませて大和三山没り日に煙る

千余年歴史の虚実見つめ来し広目天のおん眼鋭き

風がうたふ挽歌相聞かぎりなし飛鳥野明るきれんげのさかり

狐の嫁

穴出づる日を待ちがての熊の仔よ華やぎ春の牡丹雪降る

人界に愛想つかしし野良猫か山の日向に昼寝してゐる

秋畑を荒らしし猿ども雪深し風邪なぞひくな尻寒ければ

嫁足らぬ山家に狐が何処からか嫁ぎくるとぞ冬の虹立つ

野の兎その道行くな腹黒き人が仕掛けし罠の見ゆるに

黄砂と鄧小平

春近し　風を集めて轟々と砂起ち上るかオルドス台地

大陸に埋めし青春はるばると天空運び黄砂は来たる

又一人革命世代伝説に入るとぞ黄砂の奥に声する

天空の散華ふさはし仏にも神にも近く生き来し鄧氏

不死鳥の翼は折れぬ天空に華なし散るか鄧氏の遺灰

無住部落

天近き無住の部落風さやぎ夜は降る程の星が飾らむ

点る灯もなき村めぐり舞ひ狂ふ祖霊を祀《まつ》る山螢たち

人の声するぞと深き夏草の秀《ほ》越しに幾つ墓石が覗く

太々とされど哀しく鳴き交はし祖霊憑きしか山鳩たちは

迷ひ入りし亡びし村の過去世より醒むれば肩に狐雨降る

せなの翼

老眼鏡補聴器持ちていそいそと中学文化祭に朝を出で行く

中学生君らの窓に輝り添ふは北アルプスの大き夕映え

山青く谷深ければ水清しせなの翼をひろげよ君ら

未来よりささやく声を聞きとむる一列なして虹色の耳

祝千号

千号に到る創刊号に会ひたくて来し塩尻短歌館

創刊号見つめてあれば杳《はるか》なる先人たちの気負ひたる声

創刊の大志を載せて蒼海の何処を行くや表紙の舟は

黄ばみたる創刊号のなつかしさ先師の面影次次浮かぶ

昭和

大方の我らの生を埋《うづ》めたる昭和も過ぎて十年余り

征馬碑も馬頭仏《ほとけ》も苔むして断き遠く幻にきく

馬塞《ませ》棒を咬みゐし「あを」よ大陸の何辺に果てしや黄砂またくる

程ほどに夜なべを置きていね給へ空耳に聞く藁を打つ音

鉄瓶のたぎれてうたふ冬の歌父来よ母来よかの世も雪か

帰国十年夢を小さく生きる日のわが眼に沁みて冬菜は青し

八千の俑

戦国の始皇は全き土となり地上に忽と八千の兵俑

皇霊に近づくなかれ不埒者《ふらちもの》跪射俑の手は弓引きしぼる

始皇吼え戦国制覇の大軍団の怒濤の如き土煙顕つ

一将の功に万骨枯るるとふ始皇の治世下民のうめきは

解放軍の一兵たりし遠き過去はろばろと顕つかの黄土帯

鵺

鵺《ぬえ》と言ふ怪しき名を持つとらつぐみ秋葉火の神斎《いつ》くときけり

鵺の声近づく夜は何処かに火災起きると人は恐るる

仲間たち寂しき歌は作るなと言ふに又詠む老い深む歌

平和ボケ日本の報道賑はせる覆面議員白装束集団

核開発じわじわ進む隣国に手も足も出ぬ国のはがゆさ

十王堂

九王は皆穏しきに死者を裁くとまなこ嶮《けわ》しき閻魔大王

閻魔帳にわが名何れに記されむ地獄行きとも極楽行きか

地獄極楽何辺と知れず閻魔堂の格子に遊ぶ初夏の陽炎

嘘つきは舌の根までも抜くと言ふ髪振り乱す娑塚《シャヅカ》の婆

悪者を「獄卒」と言ふその由来辞典調べて初めて知りぬ

節分草

一畝《うね》を立てては土手に腰下ろす八十余歳のわが野良仕事

早春の雑木林のあちこちに咲いて寂しき節分草は

昨夜から行方不明の友一人認知症とぞわれと同年

村中が総出で探す花冷えの今日は朝より小雨降り出づ

何にかく死に急ぎしや同年の友の入水泪止まらず（初治君）

徳山ダム

三億トンの水量からめ水底に沈む四百の累代の墓

水深四百米泡立ち止まぬ一ところ沈みし祖霊の吐息か知れず

家焼きに赫く灼けたる土台石鎮めてダムの水の蒼さは

徳山村の過去一切を沈めたるダムは静けし雲を浮かべて

何程の夢もなくなり尚生きて親の生年遥かに越ゆる

山国の秋

七十年歌に関はり来し月日茫々はるけし八十余歳

飛び交ひし蜻蛉も何時か払はれて澄みゆく空を鰯雲ゆく

消えて行くものは寂しき秋の夜の空をよぎりて流星一つ

祖父母父母亡き者たちを連れて来る秋の夕べの蟋蟀のこゑ

落人部落

黒岩先生案内《あない》せし日をなつかしむ亡び深むる落人部落

藁屋根の軒傾けてどの家も春の日差しに音なく眠る

人間が住まねば田畑に草木生ひ大地は自然に還るが速し

置き去りの祖霊のせめての営みか墓を巡りて福寿草咲く

何処かの樹の洞《うろ》深く住みつきて昼はほろほろと梟鳴けり

黒十字

「四害」と打たれて妻の堕ちゆくを如何に見てゐん天上の人

「溺れたる狗《いぬ》は打て」とふ異様さもその国にして知る術あらん

唇に貼る黒き十字が灼けつきぬ病む半島の或る日の場面

透明の風すら何かを運び来て日毎かすかに汚れゆく雪

威勢よく若きら転がすシベリア材杳きかの日を知るは我のみ

彷徨

地乾き心乾きて王を追ふ血にまみれゆく砂漠の民は

銃声は祈りの声に圧されつつまだ明け切らぬ動乱の国

道づれは黄金のみか蜃気楼砂漠に消えて彷徨ふ王者

抱へたる現代と中世軋み合ひ苦悩にゆがむイランの素貌

チャドル脱ぎて堂々のデモ混迷の国を裁くは女性か知らず

石獅子

大国の翳り深むる国三つ連ねのたうつメコンの川は

同根の思想も越え得ず民族の歴史の憎悪火の如く噴く

兄弟国と恃みしは何時　大焔樹の花吹き千切る憎しみの弾

犯さるる国のいたみを夕空に声なく吼ゆるクメールの石獅子《しし》

アンコール・ワット水面《みなも》にゆらぐ石仏の砲に削がれし片めんの笑み

軍靴

北が来る　怯え煽りてじわじわと血まみれの掌に掴む権力

斃《たふ》れたる同胞の肩を蹴る軍靴いづくより来るこの憎しみは

キャタピラに踏まるる血痕乾きつつ黙深めゆく広州市民

荒々と軍靴のひびく今日なれど眼はるけしチョゴリの人形

海よ海　人間棲みて苦悩濃き何処の国の渚も洗へ

天山

天山は父草原は母大空間に生きて墓なぞ成さぬ民たち

天山の雪代水の奔《はし》る野にいまも天馬のふるさとはあり

興亡は王たちのもの　牛馬追ひ生き継ぎて包《パオ》に上る炊煙

累々と六千体の兵馬俑始皇帝にして死は恐れたる

彩《あや》なして日の没る方に何あらむ古塔はいづれも西に傾く

カブール

ヒンズークシの山脈ひかる高原を雲と見まがふ羊群うごく

幻想と砂漠の国に芯なしてモスク輝く天地のあはひ

抵抗の声あららかにカイバルの峠越えゆくはだしの一団

北満に吾ら追はれし血もしみるキャタピラがゆくカブールの街

をみならの視野を遮る黒きチャドルその内側を生きゆく生か

澄む星

記憶灼く赤き落日頭陀袋ふたたび耳にふくるる軍靴

もの言ふは背《せな》にはりつく影たちか〈三十八年前の日がまた来る〉

手のうちに核のボタンもちらつかす髪美しき女宰相

核戦争たれが残ると言ふならむ赫く灼けたる月面は顕つ

＜世界連邦＞よき言葉かな仰ぐ空に人間棲まねばどの星も澄む

第七十巻

出詠者千三百人のこころ綴ぢ今年最後の潮音届く

巻頭の一首に続く人のこころ五千余りを掌に載せてをり

潮音誌七十巻の語るもの拙きわれのもろ掌に余る

一筋の黒線添へてふと或る日消えたる後もわが誌続かむ

長江は春

江青の眼鏡いよいよ昏からむ造反のごと黄砂起つ日は

百万の紅衛兵の怒号はや呑み尽くしししか　長江は春

〈走資派〉の当否は知らね十億のもなか旗振る不死身の男

つきつめて〈同志〉とは何　毛・劉・林一生《よ》賭けきて三様の死《しに》

骨笛の生者の息《いき》に憑きながら風となりゆく　一すぢのこゑ

獄笛に何を思はむ毛夫人大地は春の麦青く萌ゆ

風に傾く秤

君たちに安らぎは何時　民族の裂け目厳然と三十八度線

親も子も面影失せて抱きあふ積もる月日の「アイゴー」の声

真夜の単車群れて何辺へ突走るせなに渦なす秋のくらやみ

風を載せ傾く秤　突として億万人の悲鳴きこゆる

靖国をおもへば顚《た》ちくかつてわれら侵しし国の千万の死者

暗き足音

内に外に火種あやふく抱へつつ世界経済制覇の錯覚

中流意識にどつぷり浸る背後よりひたひた迫る暗き足音

「如何です?不沈空母の乗り心地」あの世この世の声さまざまに

度し難しまたも歴史を改竄《ざん》するをぐらく深き迷路見えつつ

選挙戦終るや否やのこの増税おごれる者は高笑ひして

花霞

人の声風のこゑかもかなしみの花を揺らして騒だつさくら

何事もあらぬこの世の花霞　杳き歓呼の声が近づく

戦闘帽まぶかき死者らこれの世に残しし青春呼ぶ声しきり

撫切《なでぎ》りに季は過ぎしかほとほと落ちて重なる椿の花首
程々に風に逆らひ風に乗る凧の自在を呆け見てをり

怒り忘れし

大統領七年の功微塵にて四面の怒号に落ちゆく果ては
くるめきて落ちゆく全氏山寺の蠟の灯のもと夜夜寒からむ

自の影に怯ゆる明け暮れ将軍の肩章も肩をすべりたる今

「不正許さじ」わが為政者よ耳欹てよいま半島をゆるがす怒号

リクルート疑惑韓国ならばと又思ふ何時よりか我ら怒り忘れし

メコンの流れ

雨季乾季平和はつねにもろくして髑髏を覆ひ火をなす火焔樹

カンボジアに平和来るとも父母は還らず無口の少年夕日を好む

時間《とき》は早く流れてゆけよ小さき背に負ふ影重き孤児たちの上

殺《あや》め合ひて何を得たるや国四ツ連ね悠々メコン流るる

思想権力領土を言ひて血を流す人間われらつね愚かにて

黄砂　二

濛々と天日《てんじつ》暗めオルドスの大地湧き立つ風音きこゆ

解放戦士八年のわが杳かなる過去を運びて黄砂は来たる

毛主席の火をなす指の差す方へ怒濤の如くなだれたる日よ

十億人一方向の日は過ぎつ揺れて何辺に向ふ中国

五千年一日の如く左公車は黄河に春の水汲みてゐむ

列・列

社会主義七十五年は何なりし黒パン得んと人々並ぶ

「反革命」「人民の敵」断罪の霊がさまよふセキルナの丘

「独裁」の暗き過去より起ち上る二千万人の処刑者のこゑ

おびただしき処刑の上に築かれし栄光なりしか　崩潰の音

宇宙より成功の声ひびく下今日のパン買ふ列が並べり

草原の風

天は父大地は母とぞ死者たちは草原の風に骨を洗へり

草の風星の雫に濡れながら骨となりゆく風葬の死者

死後の世界恃まぬ眼窩天に向く大空間に生き来し果ての

背に霜を置く羊らも包《パオ》も戴せしんしんと夜の大地かたむく

銃声の絶ゆることなき世を遠く牧童の声草原渡る

黄砂来る日

毛思想・内戦・黄土わが埋めし過去を覚まして黄砂は来たる

量増して黄河の水の春のいろ黄砂来る日はわが胸に鳴る

砂塵ごと高粱飯をかつ込みてしたたかなりき戦士の君ら

届かざる望郷の歌よ　行きつくは何辺と知れぬぬかるみの道

幾興亡見つめて笑まふ磨崖仏解放軍のなだれゆく日も

寒流地帯

大統領の謝罪はたつた一言ぞ生きたかりにし凍土の死者よ

血ぬられた両手はポケット満面に笑みを湛へてエリツィンは来ぬ

冥々と寄せ来て荒く岩を咬む核の墓場となされし海よ

足捥《も》げし蟹背曲りの鱈やがて人間雪降り込むる寒流地帯

眉毛すら白く凍らせ行く人の彼方に累々廃棄原潜

シベリア詠

廃空母廃棄原潜赤さびて超大国の墓場かこれは

ウラン鉱石山積み放置のかたはらを危険感薄き人ら行き交ふ

返還の声も絶え果てしんしんと雪降りこむる北方の島

核廃棄物いま又砲弾捨てるとふかつて蒼いと言ひしこの海

結氷のアムール渡る轟音を五十年忘れず雪降りしきる

十二億

おだやかに今は暮らしてゐるといふ宋美齢今年九十五歳

百万の紅衛兵は掻き消えて列車に溢るる銭を追ふ群

「窓を開ければ汚い蝿も入り込む」資本論にはなかりし苦悩

十二億の足音何処に向かふらむ鄧小平も老いて危ふし

転変の人間の世を埒外《らちぐわい》に大河は春を告げて流るる

師

唐沢先生

地の歌を掲げて木曽の歌びとの胸処にどんと師の座はありき

人もわれも「木曽の巴」と誇りしに突たる転居ただに呆然

音楽祭歌指導家業夫の町政老いづく肩に支へ来し師よ

窓鎖《さ》して唐沢山荘しづまれり風のうたふは過ぎし日ばかり

遠き師よ健やかなりや羽毛のごと光りふふみて元旦の雪

青丘先生逝去

箸置きてことりと黄泉に去りましし幸か不幸か涙止まらず

天涯の何辺のあたり　一人ゆく丈高き師の背《そびら》は見ゆる

温顔はまざまざ見ゆれこれの世にわれを置き去る青丘先生

悲しみは日に日に募る天涯の何辺へ届けんわれの歌ぐさ

終の日は迫りてゐしか　されど師の穏《おだ》しきみ歌繰返し読む

青丘師は性急

スクリーンに在りしながらの青丘師追慕の泪ひそかに拭ふ

人間愛社会正義も青丘師は真底よりの素志なり尊し

「青丘は性急」なりしと笑はせて夫の素顔を夫人は語る

ワカメの如くボロボロの帯大切に選歌し給へるわが師恋しき

天涯に耳傾けて聞きますや二百五十の追慕の歌を

　　唐沢先生他界

潮音の旗と恃みし美貴師去り木曽に寂しき日月つもる

住みし人今ははるけき寂しさを山鳩は啼く唐沢山荘

人気《ひとけ》なき山荘訪《と》ふは汝《なれ》らのみ雪に残りし猿の足跡

雪解水集めて高き木曽川の瀬音とどけよわが師の夢に

星雲に新星生《あ》るるを師と見たる天文台の秋の夜はるか

唐沢先生の献体

故里の土にやうやく安らぐや死後一年の献体終へて

音楽に歌に家業に懸命の悔いなき一生《ひとよ》の果ての献体

献体も夢のうちかや美貴先生〈夢見る夢子〉と子らは名付けし

〈夢の舞ひ夢の舞ひ〉とぞ一生かけ果たしたる夢果たせざりし夢

木曽の巴と青丘師言へど世話好きで何時も気さくな糀《かうじ》屋の小母さん

青丘先生全歌集に寄せて

届きたる『定本太田青丘全歌集』両手に重きを押し戴けり

どの頁《ページ》開けど確かな師のみ声溢れてやまずこの全歌集

六千余首この大冊の全歌集夫人の苦労切に偲ばる

生きて師を仰ぐごとし広丘の丈高き歌碑あかず眺むる

絢子先生を悼む

思ひがけぬ絢子先生の訃報載る信濃毎日思はず落とす

飛梅千里命尽くしし絢子先生御霊《みたま》は還るか運河の街へ

四十年近き御縁をありがたう絢子師遠き国に旅立つ

青丘先生生誕百年の記念号みやげに先師の許に行かれし

潮音五代継ぐ人あれば絢子先生安らかにあれかの世に行くも

青丘先生を憶ふ

青丘先生逝きまして早や十五年突然の訃の驚き今も

郵便も電話も届かず如何程に恋ふとも遠し青丘先生は

肩巾の広きその背を宝のごと流させ給ひき高森の宿

合評に刻まれ傷負ふ短歌にも先生の言葉はつね温かなりし

人類の絶えし地球を詠ひたるみ歌をしみて思ふ日のある

「原型」の終刊

前衛的歌人多く育てし「原型」誌三月閉づる記事に驚く

八〇〇の社友が今は二〇〇とぞ老齢退社止むなしと言ふ

史先生泉下に如何程悲しまむ継ぐ者の無き歌誌の行く末

信州の一つの時代過ぎ行くか消ゆる「原型」寂しみ思ふ

二・二六の事件の翳り何れにも重く沈みし史先生の歌

信毎歌壇

太田青丘先生選

権力に暗く巻かれし過去ありて半島の動きをしきりに思ふ

囲炉裏火を吹きては蕎麦餅焼きくれし祖母の猫背の眼に顕つ初冬

安らかな寝息となれる病室に俄かに冴えて木曽川の音

木を伐ると仰ぐ洞《うつろ》に巣のありて目を合せゐる吾れとむささび

スト批判終りし頃にうつむきて足もとを掃く若き駅員

農政の在り処《ど》は知らず復耕の田の青々とそよぐに足らふ

束ねたる秋の乾草ほのぼのと匂へば母を思ひ出でしむ

台風を孕みて速き雲の下稲穂は花を閉ぢて静もる

迫る死に息ひそめ居し草の壕その日も激しく草いきれせし

飽食の国のテレビに突き出たる餓ゑしバングラの子の手を見ずや

ドルと砲に負けざりし国の乙女等の手に手にかざす花みづみづし

草の秀を散らして銃撃つカンボジア兵かなしきまでに貌の稚し

今日限り消ゆる林鉄山鳩号蒸気を長く吐きて止まりぬ

若き日に描きし夢に程遠き山住み重ね来て厚き手のひら

剝製にされる春山さまざまの翳りを木曽に残して去りぬ

軍歌なぞ唄ひて久の戦友会しみじみ互ひをいたはり別るる

冬の間に小さな石仏盗まれぬつくし呆けて台座を囲む

長梅雨の家ぬち俄に澄み透る山百合一本差ししばかりに

前首相逮捕のニュース怒りともかなしみともつかぬ一日暮れる

石に触るる鎌の火花の閃光が冴えつつ秋の夕闇早し

毛以後をさまざまに云ふ人すでに貧しくはなき民見落して

初雪の尾根は光りて神ながら浅黄の空に覚めゆく御嶽《みたけ》

相剋を生むとは知らず共に笑む毛、劉、林彪古きフィルムに

シベリアの凍土に埋めし幾たりの友ら顯ち来る年賀の季節

年初より毒入りコーラ親子心中馴れし平和の何処かが病める

雪が雪を圧したたみ来て埋まる谷樹の裂け口に冬陽は白し

三十三年の忌となる村の拓士碑に鎮めの雪か花なして降る

切り返すべかりし言葉一杯の冷えし渋茶と胃の腑に落す

若き日は杳くなりけり年毎にさみしくなりし盆唄の声

祈りあつく鳩の舞ひ立つ空の果て今もいきづくミサイルがある

空家廃田行き止り道みな燃えて夕映長し天際のむら

捕はれて格子に覗く野犬たちシベリアの日の我れらの眼をする

出口なき不況続けり人界を抜きて初日の駒ケ嶺澄む

蕗の薹ひときれ食めば病み長き口一ぱいに春が拡がる

試験管に人間を作る冒瀆の文明の未来身顫《ぶる》ひおもふ

肯定を否定を誰の決めうべき浜は累々イルカの屍

いづくにか待つ土はあれ春空を花種吊りし風船がゆく

身のめぐりなべて一期一会とふこころつつしみ朝の靴はく

ハイジャック憎みながらも悲しむは民族のなすわざならむ

径絶えし姥神峠の木もれ陽に風聞きいます石仏たち

遺児のつく鐘鳴り渡れ核弾頭四百万発を負ひし地上に

茄子トマトきうりも尻に泥つけてあつけらかんと雷雨は霽《は》るる

土ある限り農亡びずと信じたし田面の雪に苗植ゑながら

暮るる田にいまだ働く人がをり通りすがりに声かけ帰る

ケロイドの消ゆることなき掌を合す人らも大方髪白み来ぬ

八億を統べにし人もつづまりは無謬ならずと聞きて親しも

除幕式済みし今宵の望月を浴みて在さむ比翼の歌碑は

この子らにいくさなど来るな陽灼けせる顔にはりはり青林檎食む

どちらかが残さるる日の必定にふと触れて飲む朝茶が熱き

生き難き娑婆とおもふは人のみに鳥ほがらかに雪をついばむ

農薬に何時か馴らされゆく日々へ猿がつきつける異様な手足

紅葉は治承の昔さながらに悲運の将の旗挙げの宮

〈地球は青い〉かの声おもふ何がなし生きてゆく世に懼《おそ》れを持つ日

二十一世紀生きゆく智恵の育ちゐん平たき頭撫でつつおもふ

目かくしは我等の上につねありて衛星無気味にこの夜もめぐる

人間の血の昏さかも同根の思想の民らにくしみ合ふは

風吹けば風になびきて衰へし秋の陽ざしをこぼすコスモス

太田川死屍の流るるまぼろしにくもるまなこをいくたびも拭く

帰りたる孤児ら再び大陸にともす夜々の灯思ひてねむる

赤十字国家はるかなれども草の根の切なる声にわが声も添へむ

昭和はや過ぎてゆくとも生爪を剝《は》がす思ひに八月は来ぬ

限りある資源つくして繁栄か滅亡か知らず人間急ぐ

斎藤史先生選

あやめ咲く野の草中に立ちてゐる馬絶えし村の馬頭観世音

何程の希ひも持たず底辺を生き来し果ての厚き手のひら

細り鳴く秋の虫ソ満国境を繋がれ越えし記憶を覚ます

三十年逢ふなく交す年賀状在りし日のまま戦友等は浮ぶ

霙降る焚火に寄り来て手をかざす指にしびれを負ふ杣夫たち

妻と行く山のいで湯の道すがら声こまやかに小がら鳴き交ふ

眠るとふ事のやさしさ雨の日の作業終へ来てまどろみながら

懸命に仔牛脚はり立たむとすやがて屠殺の生とは知らず

昏々《くらぐら》と霧を生む谿山に果てし若者抱きて底ひを見せず

人に云ふな誰にも言ふなとささやきて噂ひろがる小さな部落

濁流に逆立つ生木裂け口の白きを一瞬見せて沈みぬ

雪焼けのいまだにしるき山人等一日寄り来て花の酒汲む

一月の四国は麦の青々と凍らぬ土に母を埋めて来ぬ

土に文字を書きて教へし小孩《せうはい》ら人となりけむ新中国に

前首相逮捕のニュース驚きの暑き一日蟬鳴きしきる

めらめらと青草燃えし兵の日の記憶覚まして草いきれする

双の掌に温き湯呑《ゆのみ》を包みをり何か小さき幸せのごと

つぐみ来てひはが去りけり秋一日果てなく山のさみしさは澄む

索張ると登る巨木の命綱風来るたびに軋みて揺るる

戦後を持たぬ弟ならん何時の夢も征きし二十歳のままに出で来る

雪ぐり生るる清水あたたかに山葵のみどり育ててゐたり

声変りのこゑも混りて雪どけの窓に溢るる「ほたるのひかり」

配らるる詠草用紙田を植ゑて水渋沁みし指になじまず

草にからむ蛇の抜け殻抜け去りしもののかろさにひらひらとせり

道普請することもなき馬道に馬の好みし草青みたり

言ふべきことは言ひ尽しゐて嚙み合はぬ隙《ひま》に落ち来るひぐらしの声

またたびの葉の白変のさえざえと沢を掩ひて梅雨に入るらし

仕事ダコ何時しか失せし双の掌を展げて受くる初日がぬくき

赤いブーツ履いていそいそ娘は行けりナウマン象の古代を掘ると

体深く妊る生命おぼろにも識り初めし娘か立ち居のやさし

山椒の嫩葉《わかば》摘み来し夕べにて物書くときにわが指匂ふ

投げ捨てし吸殻の火の水に触るる瞬時の音に心さだまる

折々に木の実こぼるる音透る祭を終へし境内の奥

抜かれたる臼歯コトリと置かれたり我を離れてそのかろき音

食ひ違ふ話題の卓に置かれたる湯飲み茶碗の奇妙な白さ

何処にも母港のあらぬ原子力船白き水脈《みを》曳き秋の海ゆく

大樽に青菜満たして生き生きと妻が手摑みに振る塩の音

散華すと美化して言へど紙一枚埋めて年経る弟の墓

われにすら教へず逝きし茸しろのあたりと思ふ尾根色づきぬ

（茸しろ……毎年きのこの取れる場所）

五味保義先生選

ビニールを払へば春陽にさわさわと露を落してそよぐ早苗田

娘に語り少し照れ居り大陸の我れとの出会ひ問はれて妻は

土に待つもろもろの芽に降る雨はさやぎて春の言葉の如し

近藤芳美先生選

遺体幾つ重ねて埋めしかなしみの掌に甦る凍土に掘れば

ソ満国境肩を貸し合い越えし日よ声衰えてきりぎりす鳴く

「死の彷徨」「集団自決」われらはやわすれし過去を負いて孤児ら来る

家族

家族

湯上りの髪なでをれば娘らはうすれし髪をしきりに笑ふ

夢多く我より丈の伸びし娘《こ》はりんごの如き匂ひをもてり

反抗期に入りたるものか中三の娘は事ごとく妻に抗《さか》らふ

叱りつつも己れを通す濁りなき吾娘《あこ》の瞳にたぢろぐ我は

年頃をうべなひつつも腹立つる妻をなだめて今朝も出で来ぬ

老い父に荒き言葉を残し来れば山に一日心重たき

かかる日の吾れにもあらむボロボロと飯粒膝にこぼせる老父

年寄りをいたはる心我が自身未来をこめて娘等に説きゐつ

一日の街に疲れて帰り来る夜道に稲架《はさ》の匂ひ親しも

メスよりは持たぬその手の節くれて山女房の十年を来ぬ

農業に山に介護に暇もなきかつて婦長の我が妻かなし

弾みつつ妻が投げ来る稲束を踏ん張り受けて稲架に掛けゆく

沢深く咲くべく咲きて水草のさみしき色に秋深みゆく

間引き終へ整ふ高原白菜の青きを吹きて風は秋めく

めらめらと青草燃えし野を這ひし白兵戦のあの日も遠し

故郷に届かぬ歌や戦場の夏野の草の灼けゆく中で

流木のしきりににぶく鳴り合ひて豪雨の峡はとどろき暮るる

凍《こご》えたる指に早苗の分け難く日暮れて雨の田を植ゑ終へぬ

水に浮く雲を大きくゆさぶりて露霜満つる朝を苗取る

嶺遠く一雨毎に裾野より信濃の春は山登りゆく

帰国十年夢を小さく生きる日のわが眼に沁みて冬菜は青し

降りやみし薄雪あかりかの母は黄泉の夜なべに藁打つならん

朝茶

蟻地獄堕ちてあがける虫一つふと硝煙の臭ひ拡がる

何れかが残さるる日にふと触れてかたみに無言の朝茶熱けれ

あかときは寂しさ忘れききてをり落葉うちゆく激しき霰《あられ》

新暦すがすがにほふわが未知の三百六十余を綴ぢて

しんしんと積もる夜の雪いづくにか亡母《はは》が夜なべの藁束を打つ

春の闇

早春を告げてさみしく時不知《ときしらず》咲けば他界の父母のこゑ

裏がへり浮き沈みしてビニールの瓶が淀みに苦しみてをり

瓢軽な声ひびかする梟のこゑの奥処のさびしさ思ふ

怺《こら》へ切れぬ声を洩らして梟の去りたる春の闇がふくらむ

わが迷ひ苦しみ月日さまざまを閉ぢて静けしボロボロの辞書

妻病む

風が棲むのみとなりしか汝《な》が脳《なづき》耳寄せて聴くもつるる言葉

「働き過ぎ」妻の見舞ひに誰も言ふ言葉にわれは責められてをり

花嫁衣裳着る事なかりし中共での婚言はねば負ひ目の長き道連れ

寄りかかり寄りかかられて来しものか身に沁み思ふ妻病みてより

水車

桜散る馬籠石道坂の道病後の妻の手を引き登る

花の下なべて忘れて歩みをり行きつく先の見え来し二人

馬籠宿石の挽き臼陽に眠り杳き恋唄聴こゆるごとし

求め来しは杳き歳月　ゆったりとわれの心を舂《うすづ》く水車

土手を焼くにほひはやさし彼方から鍬を担ぎて亡き母が来る

高遠歌碑

久に訪ふ高遠城趾の花の下我が掌に温し先師の歌碑は

昼野火を詠み給ひしはかかる日か高遠の山花曇りせり

野の遠に郭公鳴けり大陸に在りて母の訃受けし日思ふ

妻

家族なぞうたふことなく来し月日気づけば妻も我もまた老ゆ

その昔野戦救護に馳せゐたる吾妻も老いて歩行器を押す

赤十字の胸章誇りに応召の妻の青春かがやきてゐし

一つは敵に一つは自決に手榴弾の錆残るハンカチいまだに持てり

老いらくの夢

昭和とふ酷なりし日も共に生きししみじみ寄せ合ふ老いらくの夢

足萎《な》えに手を添へ歩む耳しひの肩に降り来る桜花びら

「お先に」と言ふは互《かたみ》に蔵ひ置き今年の春の花の下ゆく

たふれては又起ち上る絶え間なき水の炎か老いらくの夢

ぽつくりと逝きたしなどと言ひたるは道で会ひたるつい三日前
足萎《な》えの妻の手を引く花の道今年ばかりの桜か知れず

曽孫　空舞

誕生の祝ひの餅を二つ負ひ足どり危ふく踏む一歩二歩
小さき掌に握れる細き運命線我には何とも判断つかぬ

一歩二歩歩めば転ぶこの曽孫《ひまご》未来に幾度びかかる日あらむ

たくましく育てよ空舞《くうま》ぢぢばばは汝《なれ》の行く末見るべくもなき

柔らかき髪に春風遊びをり智恵を育つる眠りは深し

三世代同居の我が家一歳の曽孫に朝から笑ひが絶えず

豆台風　空舞

トコトコと足音がして戸を叩くばあさんそらまた豆台風だ

手が覗き次いで肩もてこじ開ける戸を開ける術何時か覚えて

ボールペン銜《くは》へて逃げる豆台風息切らしつつぢぢばは追ふ

一歳半の豆台風の日々《にちにち》に九人家族が癒されてゐる

限りなき明日と未来を背負ひゐる豆台風の笑窪がいとし

三歳児

暗き事多き世なれど園児らの明るき声は朝よりひびく

保育園に元気よく行く三歳児ひそかにわれは励まされゐる

背に余るカバン一杯未来詰め足音かろき我が三歳児

帰り来ればカバン投げ出しパン噛《かじ》り大の字に寝て屈託はなき

風立てば枯れし尾花は一せいに過ぎゆくものに白き手を振る

弟のシベリア戦病死

シベリアは寒かろ土は冷たかろ十九の青春埋めし弟

一本の香すら立たぬ墓土を埋《うづ》めて居らむシベリア吹雪

拓士とて十五の春をリュック負ひ渡満の朝の汝《な》が幼顔《をさながほ》

イルクーツク、タイセット邦人収容所訪《と》ふすべもなし今は無きとふ

夢に来る外は手だての無き汝《なれ》よ雪が舞ひ来る今日は命日

頑張れ吾嬬

一つ二つ体の臓器を落とすとも負けるな吾嬬《あづま》頑張れ吾嬬

胆嚢の全摘終へて昏睡す俺より先に死ぬなよ吾嬬

手術後の不安見守る青色の乱高下するモニターの線

十余年野戦救護に馳せし日の面影もなく衰へて行く

山国に嫁して幾年病孀のかすかに立つる寝息うかがふ

暈《かさ》低く病み伏す孀の歳月を病みて思ふ寂しき笑みに

春蟬の声

十一年野戦救護に大陸を駆けたる足ぞかくも細りて

七十年添ひし別れと耳に留む棺の蓋を打つ石の音

幽明の境ひと言ふはどのあたり嫗《バア》が消えゆく煙見て居り

三途の川は冷たかりしや体温の次第に喪《う》せ行く足をもみつつ

意識なき耳にも届け汝《な》を送る一山若葉の春蟬の声

あとがき

歌集なぞ全く出す心づもりはなく、青丘先生にすすめられても出す事なく今日まで来たのですが、次女の綾子の再三再四のたっての奨めでとうとう思い腰を上げた次第で、従って文学的価値を世に問うなどという大そうな歌集ではなく、長い人生を歩いて来た足跡を歌で書き残して来たような、言うなれば自分史のようなものである。

歌歴は随分長くなった。昭和十五年頃、小学校時の恩師薩摩光三先生の奨めで地方歌誌「短歌山脈」に入って四年（ポトナム系）、その後昭和十九年一月入営に依って以後を断たれた。

私はその頃教壇に立つ夢を見てこつこつ独学の夜を重ねていたが徴兵検査で入営しなければならず夢は挫折した。

歌は軍隊に入っても出来事や思った事を小さな手帳にボツボツ書き留めていた。最初ソ満国境の虎林陸軍病院の衛生兵要員として、東安の歩兵部隊、旭川に原隊を置く八十九連隊に入隊。此処で三カ月歩兵の教育を受け、十九年四月原隊復帰で虎林の陸軍病院へ行った。……

書きかけの父のあとがきです。平成二十五年六月十日、母が膵臓ガンにより肺炎で亡くなり、後を追うかのように平成二十五年九月二十五日、父が肺炎で亡くなりました。

卒寿の記念と、母の病気で気落ちしている父を励まそうと、私達が歌集を出す事を勧めた所、珍しく重い腰を上げ四月頃より選歌に取り掛かっていました。が、母が亡くなって以降衰弱が激しく、未完成のまま逝ってしまいました。父が完成させるとばかり思っておりましたので詳しい話をしていませんでした。手探りの状態で、父がまとめた半分程の歌を元に昭和十九年より平成二十五年までの「潮音」、古い歌日記、信濃毎日歌壇の期間賞受賞歌、その他の歌を集めました。一、戦争　二、雑詠　三、恩師　四、家族　と父がまとめておりましたので、そのようにしております。不思議なことに母の一周忌の際、今まで見つけられなかった歌集の題やあとがきが父の部屋から見つかり、歌集に載せる事が出来ました。真面目で几帳面な、家族思いの優しい父でした。短歌が好きで、短歌が父の全てだったかもしれません。母は良く気の付く肝っ玉母さんでした。その二人に守られて今を生きている事に私達家族は感謝しています。

父の遺歌集を出版するにあたりまして、短歌の心得の無い私には歌集の編集、校正、出版と到底無理な事と思っておりましたが、潮音社の木村先生ご夫妻を鎌倉杏々山荘までお訪ねし、先生方の温かいご指導とお力添えを頂き、ここに出版する事が出来ました。お忙しい中、雅子先生にまえがきを、光雄先生に校正をお引き受け頂きました。生前、父はまえがきをどうしようかと心配しておりましたが、雅子先生に温かくて素晴らしいまえがきを書いて頂きました。父は天国で照れながら感謝している事と思います。光雄先生には幾冊もの潮音誌の中から歌を探し、私の訳の分からない原稿を校正して頂きました。ご多忙の中、貴重なお時間を割いて頂きました。お二人にお会い出来なかったら遺歌集は完遂出来なかったと思います。本当に心より感謝し、厚くお礼申し上げます。潮音社の同人、葉月会、虎林会、洛陽会、生前父がお世話になりました皆様、出版をお手伝い頂きました現代短歌社と今泉様に心よりお礼申し上げます。

両親は衛生兵、日赤従軍看護婦として戦争、中共軍留用と、十年もの歳月を家族や戦友を失いながら大変な経験をして、帰国後も苦難の道を一生懸命生きて来ました。戦争という悲惨で人生を変えてしまう過酷な道を歩いて来た父の歌や日記を読み、涙せずにいられませんでした。父は戦争を繰り返してはならないと何度も歌っています、この地球に戦争がなくなる事を祈り、この歌集『幾山河』を天国の父に捧げたいと思います。

平成二十六年十二月

太田綾子

奥原宗一　略歴

大正12年　木曽に生まれる
昭和17年　小学校教員資格取得
昭和19年　ソ満国境入隊
昭和20年　終戦　シベリア連行後 中国内戦中共軍強制留用
昭和28年　上海より帰国
昭和50年　潮音　入社
昭和60年　潮音　同人
平成13年　潮音　幹部同人
平成25年９月25日死去

歌集 幾山河

平成27年５月６日　発行

著　者　奥　原　宗　一
遺　族　太　田　綾　子
〒468-0061 愛知県名古屋市天白区八事天道401
発行人　道　具　武　志
印　刷　㈱キャップス
発行所　**現代短歌社**
〒113-0033 東京都文京区本郷1-35-26
振替口座　00160-5-290969
電　　話　03(5804)7100

定価3000円(本体2778円＋税)
ISBN978-4-86534-092-1 C0092 ¥2778E